錢門立雪篇

中國圖書史論集

潘銘燊 著

潘銘燊作品集

錢門立雪篇：中國圖書史論集

作　　者：潘銘燊
責任編輯：黎漢傑
文字校對：黃晚鳳
編輯助理：蕭家珍
設計排版：陳先英
法律顧問：陳煦堂 律師

出　　版：初文出版社有限公司
　　　　　電郵：manuscriptpublish@gmail.com

印　　刷：陽光印刷製本廠

發　　行：香港聯合書刊物流有限公司
　　　　　香港新界荃灣德士古道 220-248 號
　　　　　荃灣工業中心 16 樓
　　　　　電話：(852) 2150-2100　傳真：(852) 2407-3062

海外總經銷：貿騰發賣股份有限公司
　　　　　　電話：886-2-82275988　傳真：886-2-82275989
　　　　　　網址：www.namode.com

版　　次：2023 年 9 月初版
國際書號：978-988-70075-1-7
定　　價：港幣 88 元 新臺幣 320 元 US$15

Published and printed in Hong Kong
香港印刷及出版

與導師錢存訓教授攝於博士學位頒授典禮後

目錄

自序

錢存訓教授是我學術的導師，也是我人生的導師。

那一年，我完成柏克萊加州大學的碩士課程，轉學到芝加哥，首次和錢教授見面交談，便確定自己的路向是走對了。

錢師自言，他答應了李約瑟的邀請，為《中國科學技術史大系》撰寫《紙和印刷》一書。他希望同學們根據各自的興趣，選一斷代，共成偉業。我向來涉獵宋代文獻比較多，認定宋朝是中國的文藝復興時期，於是提出〈宋代印書史〉為博士論文課題。錢師當下欣然同意。

該年前後，芝加哥大學文星匯聚，集合在錢師〈中國印刷史〉班上的同學有蔡武雄、盧秀菊、馬泰來、Edward Martinique、鄭炯文，不才得附驥尾。

芝大求學階段，同時工作於東亞圖書館，為中文編目員。錢師既是我學業上的指導教授，也是我職業上的關愛上司。得蒙他悉心教誨，多方照拂，使我在芝加哥度過豐盛的三年。

其後，因為大學時期導師鍾應梅教授的呼召，我回到母校香港中文大學執教，從此中斷了印書史的研究。後來雖然努力完成畢業論文，取得芝如哥大學博士學位，但由於所教非所學，未能在中國書史的研究上再接再勵。

一直未能將博士論文譯成中文，就教邦人君子，是我學術上一大憾事。此書勉強算是一個不完整的補償。

書中所收，是博士論文小部分章節的中譯和擴展，加上芝大求學第一年的學期習作〈宋代私家藏書考〉中文本。附錄五篇對錢師著作的學習報告。顏此書為《錢門立雪篇》，不亦宜乎！

潘銘燊

2023年7月7日

宋代私家藏書考

第一節　緒論

中國私家藏書貢獻於中國文獻與學術者至深且遠。要而論之，至少有下列五端：

（一）保存圖籍、傳留後世。

（二）綴輯零編、裒集遺文。

（三）校讎眾本、是正舛誤。

（四）借閱流通、嘉惠學林。

（五）刊布善本、輯印叢書。[1]

善讀書者，既有卷帙縹緗之富，以探索於學問之域，於是往往有讀書箚記之著作；甚至鴻篇巨製，卓然自成一家者，亦見不鮮。至於編纂類書，以及考鏡流畧，尤其餘事耳。

中國私家藏書、最早之記載，見於《莊子・天下篇》：

> 惠施多方，其書五車。[2]

嗣是以後，藏書之事往往間出。[3]但真正成為風氣，乃在五代以後。故此，歷來談私家藏書者，皆從兩宋開始。

宋代私藏始盛之原因，或以為雕板流行、得書較易之故。但宋人藏書，絕大部分仍為手鈔傳錄。故印刷術之發展，只可謂刺激藏書風氣而已。直接原因，實由於宋代右文、學術蓬勃，以及宋人好標榜、喜著述。當然，社會制度與經濟活動都足以造成與推助藏書風氣之興盛。

宋初經過五代混亂局面，書籍蕩焚散佚。太祖乾德初（九六三）政府藏書僅數櫃、計一萬三千卷。[4] 五代時期，江南及四川兩地文化較盛。故此宋初官方求書工作，亦以此兩地為重心。乾德後削平諸國，得書漸多。[5] 太宗以後，屢屢下詔搜訪民間所藏。士庶獻書者，或支絹、或給錢、或補官。[6] 甚至一日之內，三詔並下。[7] 以此可見當時書籍多散在藏書之家。

其時私家藏書集中於五代入宋之江南及四川士大夫之手。例如毋昭裔、孫長孺曾仕蜀，徐鍇、江正曾仕南唐，都以藏書著稱。以江正收藏最富，有數萬卷。同時之宗室士大夫，如王溥、李昉、畢士安、楊徽之，都開始收藏書籍。

楊徽之無子，舉藏書以贈外孫宋綬；[8] 而畢士安卒後，藏書亦盡歸宋綬。[9] 宋綬於是成為真宗仁宗朝（九九八至一〇六三）之大藏書家，有二萬餘卷。[10] 藏書風氣漸普遍於士

大夫階層，可徵考者，如郭延澤、姚鉉、晏殊、王洙，均有可觀之藏書。

宋綬之子敏求，復加搜集，藏書至三萬卷，[11] 不下於國家藏書。[12] 與宋敏求相伴者有李淑，其《邯鄲圖書志》著錄一千八百三十六部、二萬三千一百八十餘卷。[13] 其時士大夫如沈立、富弼、司馬光、李定、曾鞏、蘇頌都藏書甚多。

英宗神宗朝（一〇六四至一〇八五）由於承平日久，士庶得以潛心文籍。私人藏書卷數普遍增加，萬卷已不足為奇。李德芻（李淑子）、王欽臣（王洙子）均為再世藏書；欽臣多至四萬三千卷。[14] 他如李常、呂大防、劉恕，都是士大夫之富於藏書者。宗室之中，有呂昌王宗晟、榮王宗綽，都好聚書。據說榮王藏書至七萬卷之多。[15] 藏書風氣，由於文化與經濟之南移而漸及東南，如臨安之關景仁、吳縣之朱長文，均為士人中之藏書家。又有錢勰、錢穌兄弟分別守越守杭，都富藏書，時號「東西二老人」。[16]

浩博之藏書，不再為士大夫所專有。四方庶民豪族，如南都戚氏、歷陽沈氏、廬山李氏、九江陳氏、鄱陽吳氏、饒州吳氏、荊州田氏、濡須秦氏、亳州祁氏，藏書之富皆名重一時。

哲宗徽宗朝（一〇八六至一一二五）藏書以宗室趙德麟、與賀鑄、晁說之、劉羲仲、李光、陸宰、王莘、趙明誠李清照夫婦等為最著。有名之藏書家多在東南，厥因江浙地區富饒安定之故。荊南田偉，藏書至三萬七千卷，為庶民藏書之最多者。[17]

靖康之變（一一二六）為宋代文獻大劫。北方之公私書藏，大多化為戰灰。江浙戰塵所及之處，藏書亦遭焚劫。南渡之初，圖籍散佚，人心不振，藏書家寥寥可數。葉夢得之數萬卷，幾稱獨步。[18]

其後偏安之局面已成，宗室復銳意求書，[19] 而私家收藏亦重建於亂離之後。高宗朝（一一二七至一一六二）藏書家仍以士大夫為主，如李衡、劉儀鳳、王銍（王莘子）、石公弼、石邦哲、諸葛行仁、各有萬卷以上，皆集中於會稽、臨安、吳興一帶。在四川則有井度與晁公武。

其時閩中未經兵火，故家文籍，頗為完備。藏書事業，尤以莆田為最盛。鄭樵生於莆田，同郡林氏（林霆）、方氏（方漸）、吳氏（吳興）、劉氏、李氏皆富藏書。

孝宗光宗朝（一一六三至一一九四）私家藏書風氣又復汴京之盛。「仕宦稍顯者，家必有書數千卷[20]」。當時藏書仍以兩浙福建為中心。會稽有王廉清、明清（皆王銍

子）、陸游（陸宰子）振先人之餘緒。臨安有周煇、釋文瑩、黃伯思；吳興有沈瀛、倪思；無錫有尤袤。當時吳興之樓鑰與鄞縣之史守之，藏書樓均極富美，有「南樓北史」之稱。[21]

民間藏書亦多，如月河莫氏、竹齋沈氏、齊齋倪氏、及四川之牟氏、高氏，都散見於記載。[22]

寧宗理宗朝（一一九五至一二六四）之藏書家，分佈於江浙、福建各地，較彰者如吳如愚、衛湜、趙琳、趙與懃、陸遹（陸游子）、鄭寅、許棐等。但大部分為強弩之末，無甚足觀。南宋晚年，藏書之富，唯數陳振孫與周密而已。

宋代私家藏書，絕大部分在士大夫與富民之手。但黃晞、周啓明、張舉、沈思、蔡致君、許棐以隱逸而藏書；釋文瑩、陳景元以僧道而藏書；畢良史、杜鼎昇、陳起陳思父子、建安余氏、臨安尹家以書賈而藏書；可見藏書風氣固不限於特定之職業與階層。此外，貴盛如昌王、榮王，貧賤如黃晞、魏衍；淹博如宋敏求、尤袤，寡陋如丁顗，皆以藏書為務；而名位不顯、聲名翳如者，又復不知凡幾。[23]宋世藏書之風氣，可謂盛矣！

第一節註釋

1. 吳春唅《江蘇藏書家小史》序言論及中國藏書家與文獻關係，言簡而意賅。其言曰：

   > 中國歷來內政藏書雖富，而為帝王及蠹魚所專有。公家藏書則復寥落無聞。惟士大夫藏書風氣，則千數年來，愈接愈盛。智識之源泉雖被獨持於士夫階級，而其精讎密勘，著意丹黃；秘冊借鈔，奇書互賞，往往能保存舊籍，是正舛譌。發潛德、表幽光，其有功於社會文化者亦至鉅。

   > 藏書之風氣盛，讀書之風氣亦因之而興。好學敏求之士往往跋踄千里，登門借讀；或則輾轉請託，迻錄副本。甚或節衣縮食，恣意置書。每有室如懸磬，而弆書充棟者；亦有畢生以鈔誦秘籍為事，蔚成藏家者。版本既多，校讎之學因盛，績學方聞之士多能掃去魚豕，一意補殘正缺，古書因之可讀；而自來所不能通釋之典籍，亦因之而復顯於人間。甚或比勘異文，發現前人誤失，造成學術上之疑古求真風氣。藏家之有力者復舉以付剞劂，輯為叢書，公之天下。數百年來踵接武繼，化秘笈為億萬千身，其嘉惠來學者至多。

   見《圖書館學季刊》八卷一期（一九三四年三月）頁一至二。

   此外，以西方圖書館學觀點論述中國之私家藏書者，有吳光清（Kwangtsing Wu）一九四四年於芝加哥大學圖書館學院所作之博士論文 "Scholarship, book production, and libraries in China, 618-1644" P.253-258。

2. 《莊子》卷十頁二十。

3. 五代以前之私家藏書，幾乎無人曾作研究。陳登原《古今典籍聚散考》略有提及。吳光清亦有簡述，見 "Libraries And Book Collecting In China Before The Invention Of Printing" *Tien Hsia Monthly* 5（1937），P.237-260，其中部分收入前述之論文中。

4. 《宋會要稿》冊五五卷一七四二。

5. 《少室山房筆叢》（卷一甲部）頁七。太祖乾德初「既平荊南，詔有司盡收高氏圖籍，以實三館。」開寶初「江南平，命太子洗馬呂龜祥往金陵，籍其圖書，得二萬餘卷，送史館。」太宗太平興國四年「太原平，命左贊善大夫雷德源入城點檢書籍圖畫。」均見《宋會要稿》冊五五卷一七四二。

6. 太宗太平興國六年，「詔諸州士庶家，有藏醫書者，許送官。願詣闕者，令乘傳，縣次續食。第其卷數，優賜錢帛。及二百卷以上者，與出身。已仕官者，增其秩。」見《續資治通鑑長編》卷二二頁十六。

   太宗雍熙元年，「募中外有以書來上，及三百卷，當議甄錄酌獎。餘第卷帙之數，等級優賜。不願送官者，借其本，寫畢還之。」見《續資治通鑑長編》卷二五頁一。

   此外，宋代官方求書經過之記載亦見《揮塵錄》卷一、《宋會要稿》冊五五卷一七四二、《玉海》卷四三、《文獻通考》卷一七四。

7. 《少室山房筆叢》（卷一甲部）頁七。

8. 《宋史》卷二九一〈宋綬傳〉。

9. 《郡齋讀書志》序。

10. 葉壽得《過庭錄》。《文獻通考》卷一七四引。

11. 《宋史》卷二九一〈宋綬傳〉。

12. 仁宗慶曆間（一〇四一至一〇四八）命儒臣集四庫所藏書為書目，名曰「崇文總目」，凡三萬六百六十九卷。見《文獻通考》卷一七四。

13. 《郡齋讀書志》卷九頁十七。

14. 《却掃編》卷下頁三一。

15. 《容齋四筆》（卷十三）頁一二九。

16. 蘇軾〈和錢四寄其弟龢〉詩。見《蘇東坡集》（卷十八）冊四頁八七。

17.《輿地紀勝》。《藏書紀事詩》（卷一）頁十八引。

18. 王明清記云：「南度以來，惟葉少蘊少年貴盛，平生好收書。」見《揮塵後錄》（卷七）頁一七四。

19. 南宋官方求書之詳細分析，可見於 John Winkelman 一九六八年在芝加哥大學圖書館學院之博士論文："Imperial Library Of Southern Sung China, 1127-1279" P.64-84。

20.《揮塵錄》（卷一）頁十。

21. 全祖望〈湖語〉云：「藏書之富，南樓北史。」見《鮚琦亭集》卷四頁十四。

22.《齊東野語》卷十二頁九至十〈書籍之厄〉條。

23.《藏書紀事詩》所集藏書家，宋一八四人，以視明代之四二七人、清代之四九七人，雖覺遜色。但兩宋距今，又較明清為遠，其中失考或失載之藏書家難以估計。

第二節 採訪與鑑別

藏書活動以訪書為始。宋代藏書家尚未有系統之訪書方法,以建立該博而各科平衡之書藏。尤其在北宋,販書尚未普遍,得一書大為不易。

南渡之初,挺生鄭樵,於史學之成就以外,其目錄學理論卓然為中國圖書館學之先驅。論及求書之道,鄭樵提出八求之說。所謂八求,為即類以求、旁類以求、因地以求、因家以求、求之公、求之私、因人以求、因代以求。[1]

專門之書,向專業之從事者訪求,是為即類以求。例如樂律書,可求於太常樂工。太常樂工若無,然後訪民間之知音律者。

旁門之書,向旁門之從事者訪求,是為旁類以求。例如周易屬經部,而有關周易術數方面之書,可向卜筮家訪求。

有地方性質之書,向當地訪求,是為因地以求。例如零陵先賢傳,可以求之於零陵。

有家族性質之書,向該族訪求,是為因家以求。例如潘佑文集,可以求之於潘佑後代。

官府之書，向官府訪求，是為求之公。例如官制之書，官府必有收藏。

非官府之書，往往出於民間，可向私家訪求，是為求之私。例如各地藏書之家，時有不尋常之異書。

尋索某人仕宦官守之經歷，往往可以求得其人所到處之書，是為因人而求。例如莆田陳氏，曾為湖北監司，故有荊州田氏目錄。

流行一時、但久遠莫跡之書，不可強求。而近代之書，何不可求之有？是為因代以求。

鄭樵求書之道，即使用於現代亦甚切合。尤其「因代以求」之說，似乎提示從事文獻工作者，抓緊文獻之時間性，完整保存一代之圖籍。

鄭樵之八求說，與其謂反映當時求書之道，毋寧說是其先知卓見，為官方及藏書家提示具體建議。事實上，當時藏書之家，大抵皆缺乏完密之訪書方法，大都就地取材，就朋友而傳鈔而已。例如蔡致君藏書，「莫不兼收而並取」，[2] 許棐甚至「肆有新刊，知無不市；人有奇編，見無不錄。」[3] 此等跡近乎濫的渴書，在有識之士大夫中較為少有。例如宋綬藏書，就「擇之甚精」。[4]

至於求書之代價，所值不菲，尤以北宋初期為然。印板書雖日漸盛行，但印本書價仍為不少。即就傳鈔而言，紙墨裝潢，亦要相當需費。故此得一書大為不易。東坡「自鈔兩漢書成，誇以為貧兒暴富」，[5]即出於得書不易之心情。

宋人筆記所載，以俸祿三分之一甚至一半以傳書者，比比皆是。呂大防既相，「常分其俸之半以錄書」。[6]以宰相之俸入，尚且如此，則周密所言「先君子……鬻負郭之田，以供筆札之用」，[7]亦不足為奇矣。至於貧而好書者，亦未多讓。黃晞家貧，「謁索以為生，衣不蔽體，得錢輒買書，所費殆數百緡。」[8]其嗜書之心，固未比富貴之藏書家為遜色。

藏書之代價如此，加以校勘傳鈔之功夫，往往剝奪藏書家讀書之精力與時間。以此之故，藏書家貴得先達所藏，於此基礎既藏且讀，學問始易言也。晁公武得井度所託之書，遂得於榮州郡齋日夕校讀，成《郡齋讀書志》。公武於序中設論云：

> 魏王粲為蔡中郎所奇，盡得其家書籍文章，故能博物多識，問無不對。國朝宋宣獻公亦得畢文簡楊文莊家書，故藏書之富，與秘閣等，而常山公以瞻博聞於時。夫世之書多矣，顧非一人之力所能聚。設令篤好而能聚之，亦老將至而

毫且及，豈暇讀哉！然則王、宋所以能博者，蓋自少時已得先達所藏故也。[9]

以是知讀書家之藏書殊非易易；而為之篳路藍縷者，亦姑存藏之名山、傳諸其人之懷抱可也。

藏書之家，皆願其書琳瑯滿架。至於末流，乃以卷帙相夸。此風尤以民間為然。陸游曾經慨乎言之：

近世淺士，乃謂藏書如鬥草，徒以多寡相為勝負。[10]

因此之故，宋人筆記所載藏書卷帙[11]不能盡信。卷帙之計算法，在今日仍未能有一標準，何況宋人！因仍重複，卷數目自多；節略猥凡，帙目遽少，其實插架可能相去不遠。宋人藏書，甚少交待計算卷數之方法。田偉藏書三萬七千卷，據謂「無重複者」[12]王欽臣之書目至四萬三千卷，而「類書之卷帙浩博，如太平廣記之類，皆不在其間。」[13]可以反證當時將複品與類書計算在內者必有人在。況且宋人鈔書通常均有底本與稿本，貪多務得之士，或將此等本子包括在內，以壯聲勢。

比較可靠之估計，北宋私家藏書多者二、三萬卷，南宋多者三、四萬卷。過此者不可多覯矣。

榮王趙宗綽藏書據稱有七萬卷，洪邁以為不誣。[14] 但北宋三館所藏，不過四萬以上，況且榮王時尚在宋初，其時印本未盛。即使重複通計，亦不能遽至此數。

至於葉夢得藏書，王明清言之鑿鑿，謂超過十萬卷，[15] 尤難使人置信。葉夢得自言亦三萬餘卷而已，而靖康喪亂以來，所亡幾半。[16] 藏書之重建，勢非一朝一夕之事。故王明清可能誤載傳聞。此外，宋史藝文志薈萃一代文獻，不過十一萬九千九百七十二卷。[17] 以個人之力，決無可能盡藏四部之書也。

藏書之需鑑別，昔人諄諄言之。鑑別乃對板本而言。宋人藏書少鑑別之勞，因板本真偽尚未成為問題。[18] 而且宋人聚書多靠傳鈔，則乃校讎之功，而非鑑別之事。

北宋晚期以前，藏書家未見談及板本。其後刊本漸漸取代鈔本在藏書架上之位置，而刊本優劣精粗不一，於是藏書家不能不對板本漸加措意。岳珂（有稱為岳浚者）刻九經三傳，其沿革例云：

> 世所傳九經、自監蜀京杭而下，有建安余氏、興國于氏二本，皆分句讀，稱為善本。[19]

可見南宋人漸知辨別板本，且有「善本」之名目。[20] 當時稱為善本之條件，大抵為校刻精審、紙墨字畫俱佳。此等條件因刊書地區而不同。葉夢得之語可以代表宋代藏書家一般之意見：

> 今天印書以杭州為上，蜀本次之，福建最下。京師比歲印板殆不減杭州，但紙不佳。蜀與福建多以柔木刻之，取其易成而速售，故不能工。福建本幾徧天下，正以其易成故也。[21]

臨安自北宋中期已為文化經濟之都會，刻板良工集中於此，故杭本最為精美。杭州與附近兩浙地區刻本之一般特徵，為字體方整、刀法圓潤、用紙堅韌耐久，校勘又甚精細。四川雕板字體略扁，撇捺猶長，其大字版，字大如錢，墨色如漆，在宋代雕板中另具疏朗明快風格。福建刻書則較為商業化。為求減低成本，福建書商就地取材，以柔木雕板，以色黃而薄之竹紙印造。為求便於轉販外地，又盡量擠緊版式，壓縮冊數，其後且創作一種宜於密行、粗細線分明之瘦長字體。但建本最劣之處，厥在於校勘疏忽。[22]

宋代藏書家於福建本普遍不滿，而建本中又以麻沙本最為拙劣。寫本之疏忽，影響尚非太大，若刻書而脫謬，以其流通較廣，貽禍文獻甚烈。以是周煇慨乎言之：

印板文字訛舛為常……若麻沙本之差舛，誤後學多矣。**23**

麻沙本為宋代藏書家詬病嘲笑，良有以也。且看下列一則笑話：

三舍法行時，有教官出易義題云：「乾為金，坤又為金，何也？」諸生乃懷監本易，至簾前請云：……「先生恐是看了麻沙本。若監本，則坤為釜也。」**24**

藏書家既不滿建本品質之低，收藏時自須鑑別。惟宋刊書卷末多有牌記，而字畫紙墨、一眼可辨。故此宋代藏書家甚少談及鑑別問題。

第二節註釋

1. 鄭樵〈求書之道有八論〉，見《通志略》（卷廿二）頁八二七至八二八。

2. 蘇過〈夷門蔡氏藏書目敘〉，見《斜川集》卷五頁五至頁六。

3. 許棐〈梅屋書目序〉，見《獻醜集》頁三。

4. 葉夢得《過庭錄》。《文獻通考》卷一七四引。

5. 《紫桃軒雜綴》卷三頁十二。

6. 《郡齋讀書志》卷十九頁廿一〈呂汲公文錄〉條。

7. 《齊東野語》卷十二頁九至十〈書籍之厄〉條。

8. 《涑水紀聞》卷十頁三。

9. 《郡齋讀書志》序。

10. 陸游〈萬卷樓記〉，見《渭南文集》卷廿一頁十七。

11. 至於何謂一卷，胡應麟謂：「凡書，唐以前皆為卷軸，蓋今所謂一卷，即古之一軸。至裝輯成帙，疑皆出於雕板以後。然六朝已有之。阮孝緒七錄，大抵五卷以上為一帙。」見《少室山房筆叢》（卷一）頁十一。現觀宋代書目，少者一卷；大部類書，如《太平御覽》、《冊府元龜》各一千卷。然平均約在十至二十卷之間為一書。

12. 《輿地紀勝》。《藏書紀事詩》卷一頁十八引。

13. 《却掃編》卷下頁卅一。

14. 《容齋四筆》（卷十三）頁一二九「榮王藏書」條云：「濮安懿王之子宗綽，蓄書七萬卷。……宣和中其子淮安郡王仲糜進目錄三卷。忠宣公在燕得其中秩，云除監本外，寫本印本書籍計二萬二千八百三十六卷。觀一秩之目如是，所謂七萬卷者為不誣矣。三館秘府所未有也，盛哉！」

15. 《揮塵後錄》（卷七）頁一七四：「南度以來，惟葉少蘊少年貴盛，平生好收書，逾十萬卷，置之霅川山居，建書樓以貯之，極為華煥。」

16. 《避暑錄話》卷上頁四。

17. 《少室山房筆叢》（卷一）頁十。

18. 直至南宋中期，尤袤《遂初堂書目》始註明板本。但同時其他書目仍未見對板本予以重視，故遂初堂可算例外。

19. 《九經三傳沿革例》頁一。

20. 《曲洧舊聞》記宋敏求書為當時善本，但此善本之名，乃後來所追述。即使當時人確以「善本」稱敏求之書，亦謂其藏本校勘精善而已，與後人談板本之善者不同。

21.《石林燕語辨》卷八頁二至三。

22. 此段據宿白《南宋的雕版印刷》。

23.《清波雜志》卷八頁二。

24.《老學庵筆記》卷七頁十至十一。

第三節 傳錄與校勘

前章述宋人藏書以鈔錄為主。宋代雕板盛行，但寫本仍佔插架主要部分，其中未嘗無故：

一 載籍浩博，刊本書僅佔文獻一小部分。

二 刊本書多失讎校，藏書家裹足不前。[1]

三 傳鈔可先錄底本，便於改正校勘。定其字畫，然後寫入定本。

四 書籍中之秘本，為當世所罕見者，非鈔錄則不可得。[2]

另一重要原因，為傳錄之書，既經一番功夫，自然愛惜，誦讀精詳。蘇軾首先揭出此心理上之因素：

> 自秦漢以來，作者益眾，紙與字畫，日趨於簡便。而書益多，世莫不有，然學者益以苟簡何哉？余猶及見老儒先生，自言其少時，欲求史記漢書而不可得。幸而得之，皆手自書，日夜誦讀，惟恐不及。近歲市人，轉相摹刻，諸子百家之書，日傳萬紙。學者之於書，多且易致如此，其文詞學術，當倍蓰於昔人，而後生科舉之士，皆束書不觀，遊談無根，此又何也？[3]

葉夢得為之解答：

> 唐以前凡書籍皆寫本，未有模印之法。人以藏書為貴，人不多有，而藏者精於讎對，故往往皆有善本。學者以傳錄之艱，故其誦讀亦精詳。……自是書籍刊鏤者益多，士大夫不復以藏書為意。學者易於得書，其誦讀亦因滅裂。[4]

從葉夢得之說，非傳錄不可稱為藏書矣。

明李日華亦云：

> 手寫校勘，經幾番注意，自然融貫記憶，無鹵莽之失。今人買印成書，連屋充棟，多亦不讀，讀亦不精；書日多而學問日虛疏，子弟日愚，可歎也。[5]

宋人讀書精勤，而宋代藏書家傳書不厭其煩，物質理由以外，心理因素亦甚重要。傳書之功夫，雖可假手鈔工為之，但一般學者，多能躬自鈔錄。公務之暇，傳書往往成為主要從事。早於五代時，蜀相王鍇，藏書皆親札，並寫藏經；每趨朝，於白藤擔子內寫書，書法精謹。[6] 可知宋人傳書之勤淵源有自，且比前代有過而無不及。據云周啟明藏書數千卷，多手自傳寫，而能口誦之。[7] 劉儀鳳傳書至於杜門絕交。[8] 陳振孫所藏五萬一千一百八十餘卷，多為莆

田任內傳錄當地酈氏、方氏、林氏、吳氏舊書。[9]宋人藏書用力之勤，後人無法企及。

宋人傳書，多有底本。王欽臣之事跡可為典型：

> 每得一書，必以廢紙草傳之。又求別本參校，至無差誤，乃繕寫之。必以鄂州蒲圻縣紙為冊，以其緊慢厚薄得中也。每冊不過三四十葉，恐其厚而易壞也。此本傳以借人及子弟觀之。又別寫一本，尤精好，以絹素背之，號鎮庫書，非己不得見也。鎮庫書不能盡有，纔五千餘卷。[10]

傳錄一書，而有草本、鈔本、鎮庫書三個階段，工作可謂艱巨。但猶不止此，藏書家且有於定本再鈔兩三個本子，以備遺失，例如劉儀鳳傳書必三本，雖數百卷為一部者亦然。[11]

傳鈔工作，必須鈔人所有，補己所無，藏書始易加增。據謂王欽臣「嘗與宋次道相約，傳書互置目錄一本。遇所闕，即寫寄。故能致多如此。」[12]

就地取材，不難鈔盡一地之藏書。故此有不辭跋涉，登門借書借鈔之美談。劉恕助司馬光編次《資治通鑑》，遇史事紛錯難治，往往不遠數百里訪求史料：

宋次道知亳州，家多書。枉道借覽。次道日具饌為主人禮，恕曰：「此非吾所為來也，殊廢吾事。」悉去之，獨閉閣，晝夜口誦手鈔。留旬日，盡其書而去，目為之瞖。[13]

鈔書者固然業精於勤，借書者亦必須有此胸量。宋人大抵都不以藏書自秘，而能互通有無。蘇頌致仕居於丹徒，時葉夢得為丹徒尉，常假借傳寫其書。其後夢得每對士大夫談及親炙之幸。[14]類此之藏書韻事，在宋代指不勝屈。

宋人非但能鈔，而且能校。由於寫本字句往往不能一致，須搜集眾本，加以比勘，尋繹異文，然後確定字句。宋代私家校書之風，盛極一時，而宋人校讎之功，度越往古。聲氣所被，宋代藏書家幾乎每人均為某一程度之校讎家。[15]

私人校書固然不限於藏書家，但藏書家皆欲求所藏者為善本，故勘書時多能採精密矜慎之態度，而出之以勤勉。宋綬曾有「校書如掃塵，一面掃，一面生」之名言，[16]故不嫌再三校對。其子敏求有乃父風，藏書均校三五遍。當時之藏書家，都以其藏本為善本。[17]此外，北宋藏書家精於校讎者甚眾，如王欽臣、張塈、賀鑄、王銍、黃伯思

等。賀鑄校書極勤，朱黃未嘗去手。潘邠老嘗贈詩云：「詩束牛腰藏舊稿，書訛馬尾辨新鱐。」[18]

南宋校書，以鄭樵為一大家，著有校讎略。其他如方漸、晁公武、劉儀鳳等，均為勤於校書之南宋藏書家。方漸之嚴肅態度，使人不能不思服：

所至以書自隨……皆手自竄定。就寢不解衣。林光朝質之，答曰：「解衣擁衾，會有所檢討，則懷安就寢矣。」[19]

其後岳珂刻九經三傳，校讎精密謹慎，堪為模範。序中自言：「偏旁必辨，圈點必校，不使有毫釐訛錯。」[20]其方法步驟為廣徵副本、精審字畫、詳訂音釋、勘定句讀。

然而大略而言，南宋之校讎不如北宋。大抵南宋藏書漸多刊本，而書本亦粗定之故。

藏書既有校讎之風氣，則士大夫不能親為比勘者，必以漫藏為戒。吳明可帥會稽，百廢具舉，獨不傳書。王明清問其故，答曰：

僕既簿書期會，賓客應接，無暇自校。子弟又方令為程文，不欲以此散其功。委之它人，孰肯盡心？漫盈箱篋，不若已也。[21]

宋人勘書所得，除寫定於鈔本外，亦常載入筆記短書。其中考證經傳文字者，亦時有精語，例如周密《齊東野語》、王應麟《困學紀聞》等。後人謂宋代重義理而疏考據，實為一偏之論。

　　至於庶民藏書，則往往失於讎校。張邦基曾嘲田氏沈氏之藏書「貪多務得，舛謬訛錯。」[22] 其實此與一般平民之知識水準有關。讀書未遍，不得妄下朱黃，吾人不必予以深責。

第三節註釋

1. 葉夢得言：「板本初不是正，不無訛誤。世既一以板本為正，而藏本日亡，其訛謬者遂不可正，甚可惜也。」（《石林燕語辨》卷八頁二）

2. 《藏書記要》（第三則）頁三八。

3. 蘇軾〈李氏山房藏書記〉。見《蘇東坡集》（卷卅二）冊六頁二七。

4. 《石林燕語辨》卷八頁二。

5. 《紫桃軒雜綴》卷三頁十一。

6. 《焦氏筆乘》續集卷四頁十六至十七。

7. 《宋史》卷四五八〈隱逸傳〉。

8. 《老學庵筆記》卷二頁五。

9. 《齊東野語》卷十二頁十。

10. 《却掃編》卷下頁卅一。

11. 《老學庵筆記》卷二頁五。

12. 《却掃編》卷下頁卅二。

13. 《宋史》卷四四四〈文苑傳〉。

14 《嘉定鎮江志》。《藏書紀事詩》（卷一）頁二十引。

15. 宋代私門校書極盛，可參見胡樸安胡道靜《校讎學》頁廿九至卅七，及張舜徽《廣校讎略》頁一二六至一二七。

16. 《夢溪筆談校證》（卷廿五）頁八二四。葉夢得《過庭錄》亦稱宋綬「校讎精審勝諸家」（《文獻通考》卷一七四引），陸游〈跋京本家語〉亦謂宋綬校書「尤為精詳」（《陸放翁集》冊三頁六五）。

17. 《曲洧舊聞》卷四頁九。

18. 《老學庵筆記》卷八頁八。

19. 《澹生堂藏書約》頁十一〈聚書訓〉。

20. 《刊正九經三傳沿革例》頁一。

21. 《揮塵錄》（卷一）頁十。

22. 《墨莊漫錄》卷五頁五。

第四節 裝潢與保管

校勘完畢以後，底本無誤，遂正式鈔成藏本。藏書家多講究紙墨裝潢，以期一番心血，有完美之結果。

造紙術發展至於兩宋，可謂精美而普遍。造紙中心在開封、成都、宣城、杭州、建陽；原料則大麻、竹子、檀、楮。紙之名目繁多，有澄心堂紙、油拳紙、校牒紙、蒲圻紙、鵠鈔紙、雞林紙、蠶繭紙、鵠白紙、藤紙等，唐代通用辟蠹之黃紙，則為椒紙所取代。

南唐澄心堂紙為時所重，但幅狹而價昂。[1]油拳紙宋初時頗普遍，其後不甚見於記載。校牒紙光潔如玉、膚如卵膜；雞林（高麗）紙則堅厚光澤、面背如一；但二者均罕見而少為人用。椒紙辟蠹，當亦貴重。餘以蒲圻紙、鵠鈔紙為常用，尤以鵠鈔紙最負盛名。大致而言，宋代之書，紙墨俱佳，為後代所崇拜，所謂「墨氣香淡，紙色蒼潤，展卷便有驚人之處」。[2]

陸游謂：「前輩傳書，多用鄂州蒲圻縣紙，云厚薄緊慢皆得中，又性與麵黏相宜，能久不脫。」[3]其他記載亦顯示蒲圻紙為宋代藏書家鈔本普遍用紙。

精鈔精刊之本，紙墨往往極盡善美，此亦自然之事。賈似道刊九經，以撫州草鈔紙油煙墨印造，其裝裱至以泥金為籤。[4]其幕客廖瑩中世綵堂精刊本，相傳刊書時用墨皆雜泥金香麝為之，紙寶墨光，醉心悅目。[5]

至於一般用紙，尤其底本與稿本，則頗有淳樸之風。葉夢得記晏殊積廢紙以傳書甚詳：

> 晏元獻平居書簡及公家文牒，未嘗棄一紙，皆積以傳書。雖封皮亦十百為沓，暇時手自持熨斗，貯火於旁，炙香匙親熨之，以鐵界尺鎮案上。每讀得一故事，則書以一封皮，後批門類，蓋今類要也。[6]

黃伯思亦嘗自記以紙背書稿：

> 丁酉歲……於丹陽城南第暴舊書，得此雞林小紙一卷，已為人以鄭衛辭書盈軸矣。竊矜其遠物，而所書未稱，顧紙背尚可作字，因以索靖體書章草急就一卷，藏於家。[7]

此外，宋代印書，常用故紙反背印之，而公牘尤多。固以其紙料堅厚，亦見宋人愛惜物力之意。此等淳樸風氣，於宋代以後，紙價漸廉、紙質漸劣，即不復再見矣。

至於墨，宋世士大夫極為講究。張邦基提及宋人重墨，多喜收蓄，甚至成為墨癖。[8]南唐李廷珪墨享譽一時

後，又有薛安墨、潘谷墨。北方士大夫重東南墨、東南士大夫則尚川墨。[9] 然而通達者亦無所擇，但知光與黑者為可用而已。

傳鈔之後，必須繼以裝冊。唐末宋初書籍裝訂形式已由卷軸演進至冊葉。宋初盛行之裝訂法為蝴蝶裝。[10] 所謂蝴蝶裝，為將印好或鈔好之散葉，字對字依中線對摺，然後將摺口一齊黏連於包背紙上。翻閱時，版面全幅呈現，而葉之中心黏連書脊，似蝴蝶展翅，因此得名。

蝴蝶裝優點在於堅牢。明張萱於秘閣中見宋版書，皆作蝴蝶裝，「其糊經數百年不脫落」。[11] 至於黏液之材料，主要為生糊：

> 粘經縫用生糊，乃是用生豆研極細，以水生調粘之，即不用熟者，此與金薤璧所傳，背書用小粉，熟作糊，為熟鍰用，既不蒸，又堅牢，且不為渦蟲所傷，極佳。[12]

但北宋中期已有另一裝訂方法萌芽，是為縫繢。大抵當時縫繢技術不佳，故終為蝴蝶裝所掩。王洙積累藏書經驗，認為黏葉（即蝴蝶裝之黏結書頁步驟）勝於縫繢。其言曰：

作書冊粘葉為上。久脫爛，苟不逸去，尋其次第，足可抄錄，屢得逸書，以此獲全。若縫績，歲久斷絕，即難以次序。[13]

王洙並以此介紹於宋綬，其後又見三館黃本書、白本書、與孫莘老、錢勰等所藏書皆作蝴蝶裝，可見一時風尚如此。

藏書家裝潢之事，大多並非親為，而假手於裝潢匠或僕役。前引之文言及宋綬得王洙之意見，「悉令家所錄者作粘法」，可見。此外，陸游記述補綴京本家語，亦提供一線索：

此書得自京師遭兵火之餘。一日於故篋中偶尋得之，而蟲齕鼠傷，殆無完幅。綴輯累日，僅能成帙。乃命工裁去四周所損者，別以紙裝背之，遂成全書。[14]

蟲齕確為書籍大患，故藏書家未有不注意辟蠹者。

辟蠹第一法為曝書。曝書之風氣宋時大盛。士大夫之間有曝書會，[15] 秘書省有曝書宴，[16] 可謂雅意盎然。司馬光自述其曝書法為：

吾每歲以上伏及重陽間，視天氣晴明日，即設几案於當日所，側群書其上，以暴其腦。所以年月雖深，終不損動。[17]

宋人又相傳芸草可以辟蠹，但不易得。沈括《夢溪筆談》記芸草辟蠹甚詳：

> 古人藏書辟蠹用芸。芸、香草也。今人謂「七里香」者是也。葉類豌豆，作小叢生，其葉芬香，秋後葉間微白如粉汙，辟蠹殊驗。南人採置席下，能去蚤蝨。予判昭文館時，曾得數株於潞公家，移植秘閣後，今不復有存者。香草之類，大率多異名，所謂蘭蓀；蓀，即今菖蒲是也。蕙，今零陵香是也。茝，今白芷是也。[18]

又其《忘懷錄》曰：

> 古人藏書，謂之芸香是也。採置書帙中，即去蠹。……栽園庭間，香聞數十步，極可愛。……江南極多。大率香艸多只是花，過則已。縱有葉香者，須採掇嗅之方香。……自春至秋不歇，絕可翫也。[19]

芸草辟蠹，在宋代極著名，藏書樓甚至稱為「芸臺」。[20]

個別藏書之家可能有個別之辟蠹方法。例如趙彥若之方法甚為新奇：

> 趙元考云寒食麪、臘月雪水為糊則不蠹。南唐煮糊用黃丹，王文獻公家以皂莢末置書葉間，然不如也。[21]

此處順及其他兩法：其一為於書頁間放置皂莢之粉末，另一則以黃丹調製黏糊。

更徹底之方法，為用防蠹之紙鈔書印書。唐人卷子多用黃蘗浸過之硬黃紙。宋代黃紙專用於檄諭，而一般書籍用途則以椒紙取代。淳熙年間，壁經、春秋、左傳、國語、史記等書，蠹魚傷牘。孝宗令用棗木椒紙每書印造十部，歷時一年半完成。[22] 葉德輝藏得宋人椒紙所印之書，寫入《書林清話》中：

> 椒紙者，謂以椒染紙，取其可以殺蟲，永無蠹蝕之患也。其紙若古金粟牋，但較牋更薄而有光。以手揭之，力頗堅固。……椒味數百年不散歟？是皆與蝴蝶裝之粘連不解，歷久如新者，同一失傳之秘製也。[23]

綜上所述，宋人辟蠹之法有數種：一、曝書。二、以芳香植物置於書中，如芸草、皂莢末。三、以藥料攙入粘糊，如黃丹、寒食麵。四、以防蟲紙張印書鈔書，如椒紙。可謂多方也矣！

第四節註釋

1. 江正曾仕南唐，而傳書用拳紙，未嘗用澄心堂紙。見《揮麈後錄》（卷五）頁一四二。

2. 《藏書記要》（第二則）頁三六。

3. 《老學庵筆記》卷二頁五。

4. 《癸辛雜識》後集頁廿七。

5. 《持靜齋書目》卷四頁六。

6. 《避暑錄話》卷上頁六八。

7. 《東觀餘論》卷二頁四六（在《王氏書苑》卷十）。明張萱曾疑此事，其後在秘閣見宋板書，多以官府文牒翻其背以印行，始信。由於宋代牒紙極堅厚，面背光澤如一，故可兩用。（見《疑耀》卷三頁六「宋紙背面皆可書」條。）

8. 《墨莊漫錄》卷六頁九至十二。

9. 《清波別志》卷上頁一二二。

10. 島田翰《書冊裝潢考》曾扼要敘述中國書冊制度之演變，謂：「書冊裝潢之制，三代以上用方策。春秋以至漢，竹帛並用。漢以後始用紙。帛與紙多裝為卷子。隋唐之間有旋風葉，至北宋有蝴蝶裝。蝴蝶裝變而遂為綫縫。」（見《古文舊書考》卷一頁十五。）

11. 《疑耀》卷五頁十九「古裝書法」條。張萱又引王古心《筆錄》云：「用楮樹汁、飛麪、白芨末三物調和，以黏紙，永不脫落。」

12. 《志雅堂雜鈔》卷三頁九。

13. 《墨莊漫錄》卷四頁十九。

14. 《陸放翁集》冊三頁六五〈跋京本家語〉。

15. 《宋詩紀事》卷廿四有錢勰和人曝書會詩。

16. 《墨莊漫錄》卷六頁九記文彥博為相時曾赴秘書省曝書宴。

17.《梁溪漫志》卷三頁八。

18.《夢溪筆談校證》頁一三〇。

19.《說郛》卷十九引。邵博《河南邵氏聞見後錄》亦有徵引沈括之語。

20.《續博物志》卷三頁六引魚豢《典略》。《墨莊漫錄》卷六頁九亦提及此典故。

21.《後山談叢》卷二頁九。

22.《天祿琳瑯後編》卷三頁六《春秋經傳集解》條下。

23.《書林清話》（卷六）頁一六三至一六四。

第五節　簿錄與分類

　　私家藏書之有書目，雖不自宋人始，[1]但至宋世始漸普遍。藏書目之最初目的，本為藏書家記錄所藏，便於尋檢而設。由藏書目、可以窺見藏書之內容、組織之方法。藏書不免散佚，只要目錄尚在，則書家之精神仍存於霄壤之間。可惜宋人藏書目流傳於今者僅得三家，後人遂無以窺見全貌。

　　宋人藏書目起初逕稱某氏書目，例如《江氏書目》。其後並舉職名或籍貫居地，如《李正議書目》、《夷門蔡氏書目》。南渡以後，室名樓名漸漸普遍，於是多以之為書目之名稱，例如《萬卷樓書目》、《蘭坡室書目》等等。書目編成，往往由名家製序，[2]可見宋代藏書家相當重視書目。

　　此等書目之卷帙，由一至四卷不等。然而十卷以上亦非罕見。《邯鄲再集書目》甚至多達三十卷。本來書目倘若但記書名卷數，無須冗長篇幅。卷帙浩繁之書目，大抵各書之下，皆有論列。現存三種宋人私家書目中，《郡齋讀書志》與《直齋書錄解題》均兼有敘錄。

　　藏書目之編纂，其始有公諸於世、傳久行遠之動機。然而鄭樵謂：「藏書之家，例有兩目錄。所以示人者，未嘗

載異書；若非與人盡誠盡禮，彼肯出其所秘乎？」[3]也許反映南渡後藏書家之器量不如北宋。但由於缺乏旁證，暫且存而不論。

北宋最早之書目、首推江正之《江氏書目》，鄭毅夫曾為之作記。張邦基謂：「藏書之富，如宋宣獻、畢文簡、王原叔、錢穆文、王仲至家，及荊南田氏、歷陽沈氏，各有書目。」[4]邦基去此等藏書家，時代未遠，可能親見此等書目。但除歷陽沈氏《沈諫議書目》見於著錄外，其餘均不見南宋人予以提及。可見在南宋時經已散佚。此外，北宋私藏書目可考者尚有數家，較著名者如李淑《邯鄲圖書志》十卷、及其子德蒭續編《邯鄲再集書目》三十卷。宋敏求之書目想必極為精采，惜乎不傳。鄭樵《通志藝文略》述及沈立之《沈諫議書目》、李定之《李正議書目》、吳良嗣之《籯金堂書目》等。

南宋初年之鄭樵，為目錄學一大家，[5]而本身亦為藏書家。《夾漈圖書志》為其私人藏書目錄、《求書外記》、《求書闕記》則是闕書目錄，但均不傳。

南宋藏書家，類皆備有書目。除鄭樵外，現今可考者二十餘家。而傳於今者，僅晁公武《郡齋讀書志》、尤袤《遂初堂書目》與陳振孫《直齋書錄解題》三種。

晁公武為南宋初年人，承其家四世之學，博覽不倦。既得井度之書（見後第九章），在僻左少事之榮州為郡守，遂得於簿書之暇，恣意流覽。自序言：「日夕躬以朱黃讎校舛誤，每終篇撮其大指論之」，於是成《讀書志》四卷。《讀書志》於每書撰為敘錄，論考作者之行事、時代與學術；每部之前復有小序一篇，略述其分類與流變。體製完善，最得劉向敘錄原意。

尤袤稍後於晁公武，其《遂初堂書目》並無敘錄或論列。但其特色，為開創書目兼記板本之例。目中所記，一書之板本有多至數種者。有成都石經本、秘閣本、舊監本京本、江西本、吉州本、杭本、舊杭本、嚴州本、越州本、湖北本、川本、川大字本、川小字本，高麗本。[6]《四庫全書》總目稱其為考證家所必資。但未能每書皆記板本為憾。至於著錄各書，方式相當疏略，甚至不記卷數。尤袤在當時頗稱博洽，故此胡應麟認為陶氏編入《說郛》時所刪節。[7]

陳振孫生於南宋晚年，而其《直齋書錄解題》在當時已經為世所重。此書體例大抵規仿《讀書志》，但無小序。於各書詳其卷帙之多寡、作者之名氏，而為之品題得失，持論又多平允。《四庫提要》謂：「古書之不傳於今者，得

籍是以求其崖略；其傳於今者，得籍是以辨其真偽，考其異同。」[8] 推崇可謂備至。

晁志、尤目、陳錄所載，皆手藏目覩之書，而為後人研究宋代文獻提供不少資料。

由藏書家之書目，復可考知當時分類方法。

唐宋以後，著述日繁，宋人已覺四部分類未盡妥善，[9] 未能概括一切文獻。故此《崇文總目》、《直齋書錄解題》雖按四部分類，但無經史子集之名。宋代藏書家甚至於四部外別為部類，例如李淑《邯鄲圖書志》於經史子集四志外，另加藝術志、道書志、畫志、書志。[10]

鄭樵《夾漈圖書志》雖然遺佚，但其分類法想當與《通志藝文略》一致。《通志藝文略》盡列古今目錄所收之書於一篇，分為十二類、一百五十五小類、二百八十四目，至為詳盡。鄭樵對四部四十類之成法，徹底破壞；而於小類節目之分析，不憚苛細。可謂識見恢宏。

鄭樵族孫鄭寅，於南宋晚年撰《鄭氏書目》七卷，以所藏書為七錄，於經史子文四錄以外，增出藝錄、方技錄、類錄而為七。[11] 就分類學而言，視四部為合理。唐代以後不分四部而仍七錄之名者，唯鄭寅一人而已。

第五節註釋

1. 私家目錄在宋代以前，有劉宋王儉《七志》、梁阮孝緒《七錄》、隋許善心《七林》；唐代則吳兢《西齋書目》、蔣彧《新集書目》、杜信《東齋集籍》、佚名《都氏書目》等。據汪辟疆《目錄學研究》頁七七至七八。

2. 例如蘇過〈夷門蔡氏藏書目序〉、周紫芝〈朱氏藏書目序〉、葉適〈石庵藏書目序〉等。

3. 《通志略》（卷廿二）頁八二七。

4. 《墨莊漫錄》卷五頁五。

5. 鄭樵之目錄學，可參考錢亞新《鄭樵校讎略研究》（上海商務印書館一九四八年版）及 Kwang-tsing Wu "Cheng Ch'iao, a Pioneer In Library Method." *Tien Hsia Monthly* 10 (1940), P139–141

6. 據《書林清話》（卷一）頁五。

7. 《少室山房筆叢》（卷一）頁十三。

8. 《四庫全書總目提要》卷十七頁廿五。

9. 錢師存訓謂：「自隋末唐初起，四部分類法已大致標準化，而為公家書錄所沿用至今。」見 T. H. Tsien, "History Of Bibliographic Classification In China." *Library Quarterly* 22 (1942), P.312-313.

10. 《郡齋讀書志》卷九頁十七。胡應麟以為邯鄲八目，書畫一類，分為二門，而且有道書而無釋典，為不可曉。但其實藏書家之書目，就其所藏書而分類，初未必有完密之理論基礎。

11. 《直齋書錄解題》卷八頁十一。

第六節 藏印與書樓

公家藏書用印記，唐代已有所聞。[1] 私家藏書，則至宋代印記之用始漸普遍。劉義仲為徽宗時人，自言其祖父凝之以來，圖書多有藏印，[2] 可見至遲北宋中期，經已漸開風氣。宋人藏印可考者不多，大抵只為名號或室名而已，不同清人鈐印纍纍，有如美人黥面也。[3]

另一種藏印，為將得書時之在職官銜刻入，例如富弼之藏書，有「鎮海節度」印章。[4]

大概南宋初漸有藏書專用之私章。寧宗時史守之藏印甚多，「有舊學史氏」、「碧沚」[5]、「史氏家傳翰苑收藏書畫圖章」、「舊學史氏復隱書印」。[6]「復隱」之意，乃謂曾隱復出之後又再歸，則是自寫懷抱矣。賈似道藏書，除常用之「悅生」（堂名）印外，另有「賢者而後樂此」一印，[7] 已為後世藏印開一浮濫風氣。

藏書經簿錄分類、加蓋藏印以後，即須庋藏於書櫥與書樓。宋代圖書館建築、吾人所知甚少。徽宗時之秘閣據云「朱碧輝煥，棟宇宏麗，上鄰東都，為京城官府之冠」[8] 宋高宗時秘閣（秘書省舍）則編制繁褥。藏書分為圖書庫一間、秘閣書庫三間、子庫五間、經庫五間、印板書庫三

間、集庫五間、史庫五間、國史庫二間等。（於此可見藏書內容之比例，而印板書另庫收藏，又足證藏書以寫本為主。）書櫥均作綠色。閣後有園亭池澗之勝，並有竹二畝、雜樹一百五十六。[9]

私人藏書當無此種氣派，但基本條件亦多粗具。葉適記其友衛湜之櫟齋云：

> 夫其地有江湖曠逸之思，圃有花石奇詭之觀，居有臺館溫涼之適。[10]

江湖、花石、臺館，可見宋代藏書之家對書樓頗為講究。[11] 以下略為分述。

書樓所在，常擇山水秀麗之區，非唯遠避市人塵囂，抑且啟發靈思雅興。致仕歸田之藏書士大夫，尤其留意於此，例如蘇頌、郭延澤、徐鹿卿、尤袤等。傅幼安曾為徐鹿卿味書閣作賦，云：

> 山水明秀，邑稱劍江。於其中而擇勝，建傑閣之巍昂。黃簾綠幕之閉，牙籤玉軸之藏。[12]

又為陳宗禮訓畬堂作賦：

> 巋然樓宇，據高面勝，開牖洞戶。挹盱水於襟懷，納軍山於指顧。草木之華滋蔥蒨，曉夕之煙霏吞吐。[13]

朱敬之萬卷樓甚且三面皆山：

> 南則道人三峯，北則石鼓山，東南則白渚山。煙嵐雲
> 岫，洲渚林薄。更相映發，朝暮萬態。[14]

江湖之勝，猶未能滿足宋代藏書家之要求，故此再於
書樓附近加以花石之鋪綴。司馬光退居洛陽，築讀書堂於
佔地二十畝之獨樂園。〈獨樂園記〉中以不少筆墨鋪寫讀書
堂之環境：

> 堂南有屋一區，引水北流貫宇下。中央為沼，方深各
> 三尺。疏水為五，脈注沼中，若虎爪。自沼北伏流，出北
> 階，懸注庭下，若象鼻。自是分為二渠，繞庭四隅，會於西
> 北而出，命之曰弄水軒。堂北為沼，中央有島，島上植竹，
> 圓若玉玦，圍三丈，攬結其杪，如漁人之廬，命之曰釣魚
> 庵。沼北橫屋六楹，厚其墉茨，以禦烈日；開戶東出，南北
> 列軒牖以延涼颸；前後多植美竹，為清暑之所，命之曰種
> 竹齋。沼東治地，為百有二十畦，雜蒔艸藥，辨其名物而揭
> 之。……欄北為亭，命之曰澆花亭。洛城距山不遠，而林薄
> 茂密，常若不得見，乃於園中築臺，屋其上，以望萬安，輳
> 轅至於太室，命之曰見山臺。迂叟平日多處堂中讀書。[15]

環繞讀書堂有水軒、釣庵，且有禦烈延涼颸之架構；又有清流美竹，興乎澆花涼亭、見山之高臺，司馬光之藏書得其所矣。

由此可以推測，宋代藏書之家，除以插架相誇之外，更在秀木芳草、溫館涼臺之佈置上互相爭勝。

然而書藏之主要價值究竟在於內部，因此書樓之結構值得一考。惜乎材料不多。如陸游〈記吳氏書樓〉云：

> 南城吳君伸與其弟倫……以錢百萬剏為大樓。儲書數千卷，會友朋、教子弟，其意甚美，於是朱公（熹）又為大書書樓二字以揭之。樓之下曰讀書堂，堂之前又為小閣。閣之下曰和豐堂，旁復有二小閣，左則象山陸公子靜書其顏書其曰南牖，右則艮齋謝公昌國書其顏曰北牖。堂之後榮木軒，則又朱公實書之。於虖！亦可謂盛矣！[16]

吳氏書樓未必能代表當時之藏書樓，但於此亦可見書庫設於樓上閱室在樓下之格局，宋人已開其端矣。

藏書樓亦有樸實不華，甚或錯亂不齊者。陸游〈書巢〉即以實用為主：

陸子既老且病，猶不置讀書，名其室曰書巢。客有問曰：「……今子幸有屋以居，牖戶牆垣猶之比屋也，而謂之巢，何耶？」陸子曰：「……吾室之內，或栖於櫝，或陳於前，或枕藉於床，俯仰四顧，無非書者。吾飲食起居、疾痛呻吟、悲憂憤歎，未嘗不與書俱。賓客不至，妻子不覿，而風雨雷雹之變，有不知也。間有意欲起，而亂書圍之，如積槁枝，或至不得行，則輒自笑曰：『此非吾所謂巢耶？』」乃引客就觀之。客始不能入，既入又不能出，乃亦大笑曰：「信乎其似巢也！」[17]

至於書樓名稱，在唐代只取簡單之名字，如「東齋」[18]、「西齋」[19]等。北宋初年，藏書家亦甚少顧及書樓名稱，故此不少書樓名字均為他人所稱呼，例如孫長孺在四川藏書，貯以樓，大概當時書樓極為罕見，於是蜀人稱其家為「書樓孫家」[20]，李常在廬山藏書，亦是山中人指其所居曰「李氏山房」[21]。其後間有藏書家名其書樓，而都與讀書、好古、右文有關，如司馬光「讀書堂」、田偉「博古堂」、葉夢得「紬書閣」、方漸「富文閣」等。

迄乎南宋，書樓之名，有仍讀書好學之舊者，如徐鹿卿「味書閣」、史守之「舊學堂」、石邦哲「博古堂」；有以

姓氏為號者，如彭惟孝「彭氏山房」，此外，有輕描淡寫之一字齋名，如李衡「樂庵」、樓鑰「東樓」、沈氏「竹齋」、倪氏「齊齋」、張用道「簫齋」、吳如愚「準齋」、陳振孫「直齋」、趙琳「頓庵」等。

張欲之「萬卷堂」，開始以庋藏內容為名之風氣。南宋時，萬卷樓、萬卷堂之類書樓名稱屢見不鮮。清人之皕宋千元，淵源久矣！

另有一種徵引之風氣。尤袤之「遂初堂」，謂遂其退隱之初志，乃取孫綽〈遂初賦〉以自號。[22] 西山劉君，取韓愈語名其堂為「勤有」[23]。周密之父，藏書於「書種」、「志雅」二堂。「書種堂」蓋取黃庭堅「不可令讀書種子斷絕」之語。[24]

南宋末年，漸有巧雅之名稱出現，如陳起「芸居樓」、金應桂「蓀壁山房」，與前述種種又異其趣。

更異其趣者為自詡簡陋之室名，與夸飾之風氣相反。陸游之「書巢」、魏衍之「曲肱軒」姑勿論是否實錄，亦足使人為之一新耳目。

第六節註釋

1. 《唐會要》卷六五頁四。

2. 《史略》卷五頁十五。

3. 《藏書十約》（第十則）頁五四。

4. 《東觀餘論》卷二頁廿一〈跋元和姓纂後〉。

5. 《清河書畫舫》。《藏書紀事詩》（卷一）頁四七引。

6. 《天祿琳瑯續編》卷一頁四〈御題三禮圖〉條下。

7. 《清秘藏》（卷下）頁二三〇〈敘書畫印識〉。

8. 《麟臺故事》卷一頁六。

9. 《南宋館閣錄》卷二頁二至八。有關中國圖書館建築之發展，可參看：Wenson Wong, "The Development Of Library Building In China." *Library Journal* 64（1939）p.295-298。

10. 《葉適集》（卷十一）頁一九九〈樂齋藏書記〉。

11. 王明清謂葉夢得書樓「極為華煥」，見《揮塵後錄》（卷七）頁一七四，惜未詳為記載。

12. 《隱居通議》卷四頁三。

13. 《隱居通議》卷四頁八。

14. 陸游〈萬卷樓記〉。見《渭南文集》卷廿一頁十八。

15. 司馬光〈獨樂園記〉。見《溫國文正司馬公家集》卷六六頁九至十。

16. 陸游〈吳氏書樓記〉。見《渭南文集》卷廿一頁十一。

17. 陸游〈書巢記〉。見《渭南文集》卷十八頁九至十。

18. 唐杜信有〈東齋集籍〉二卷，見《通志略》（卷十九）頁七〇五。

19. 唐吳競有〈西齋書目〉一卷。見《郡齋讀書志》卷九頁十六。

20.《郡齋讀書志》卷十九頁十四,「孫文懿集三十卷」條下。

21. 蘇軾〈李氏山房藏書記〉。見《蘇東坡集》冊六頁廿七。

22.《宋史》卷三八九〈尤袤傳〉。

23. 劉將孫〈劉氏勤有堂記〉。《藏書紀事詩》(卷一)頁四五引。

24.《齊東野語》卷十二頁十。

第七節 讀書與嗜書

宋代讀書風氣極盛，因此讀書家之藏書[1]佔最多數。然亦有例外。據云丁顗不識字，聚書八千卷，希望子孫有好學者。[2]然而不識字而藏書似極少有。在宋世，尤其在北宋，學者與藏書幾不可分。如張塈「閉戶讀書四十年，手校數萬卷」[3]，與蔡致君「不事科舉，不樂仕宦，……棄冠冕而遺世」[4]以讀書，到底非隱逸之士不能為。一般士大夫讀書，並未嘗隔絕人事。

宋儒讀書，如朱熹之讀書法，至今猶為人津津樂道。藏書家中亦有善讀書者，例如葉夢得讀書頗有計劃：

> 吾家舊所藏……自六經諸史與諸子之善者，通有三千餘卷，讀之固不可限以數。以二十年計之，日讀一卷，亦可以再周。其餘一讀足矣。惟六經不可一日去手。吾自登科後，每以五月後天氣漸暑，不能泛及他書，即日專誦六經一卷，至中秋時畢，謂之夏課，守之甚堅。[5]

至於讀書之態度，亦各異其趣。有極輕鬆者，有極嚴肅者。李清照憶述少年時與趙明誠之讀書生活，情趣盎然！

> 余性偶強記。每飯罷，坐歸來堂，烹茶指堆積書史，
> 言某事在某書某卷第幾葉第幾行，以中否角勝負，為飲茶先
> 後。中即舉杯大笑，至茶傾覆懷中，反不得飲而起。[6]

方漸之就寢不解衣，持此相視，簡直自苦。

善讀書者，往往愛惜書籍。司馬光對書本之珍重，可謂小心翼翼。光曾向其子公休自述讀書姿態云：

> 至於啓卷，必先視几案潔靜，藉以茵褥，然後端坐看
> 之。或欲行看，即承以方版，未嘗敢空手捧之，非惟手汗漬
> 及，亦慮觸動其膠。每至看竟一板，即側右手大指，面襯其
> 沿，而覆以次指，撚而挾過，故得不至揉熟其紙。[7]

故此讀書堂之文史，「晨夕所常閱者，雖累數十年，皆新若手未觸者。」[8] 究其惜書之理論，為「賈豎藏貨貝，儒家惟此耳。……今浮圖老氏，猶知尊敬其書，豈以吾儒反不如乎！」[9] 可知有一種重視學問之敬業心理。

對書籍之珍重，容易流為嗜癖，賢者所不能免。陸游〈示兒詩〉云：「人生百病有已時，獨有書癖不可醫。」[10] 將愛書之情比作病態，有時頗為貼切。

宋人書癖以外，復有金石之癖，兩者皆可使人置飢寒於不顧。張文潛曾云：

近時印書盛行，而鬻書者往往皆士人躬自負擔。有一士人，盡掊其家所有，約百餘千，買書將以入京。至中塗，遇一士人，取書目閱之，愛其書而貧不能得。家有數古銅器，將以貨之。而鬻書者雅有好古器之癖，一見喜甚，乃曰：「毋庸貨也，我將與汝估其直而兩易之。」於是盡以隨行之書，換數十銅器亟返其家。其妻方訝夫之回疾，視其行李，但見二三布囊，磊塊然鏗鏗有聲；問得其實，乃詈其夫曰：「你換得他這箇，幾時近得飯喫？」其人曰：「他換得我那箇，也則幾時近得飯喫？」[11]

書籍與骨董到底不可相提並論。但宋人甚多兼藏書籍與金石，趙明誠李清照夫婦即為一例。

　　善讀書者，往往由讀書提昇至一種崇高之精神境界，其他外物於我皆為委灰[12]惟讀書至樂。李燾述尤袤讀書可當四事：

　　飢讀之以當肉，寒讀之以當裘，孤寂而讀之以當友朋，幽憂而讀之以當金石琴瑟。[13]

此四者皆可以讀書取代，尚有不能取代者乎？

　　讀書既然有此樂趣，乃使嗜書之人有如飢渴。洪邁記張祉讀書之神態，「如枵腹者之須哺，倦遊者之企歸，執熱

者之思濯清風」，[14] 可以反映宋人渴書之一面。趙季仁平生有三願，其中之一即為盡讀世間好書。[15] 蘇軾亦云：

> 余既衰且病，無所用於世；惟得數年之閒，盡讀未見之書。[16]

古人得書不易，往往有願難償。吾人今日書籍易致，若反而束書不觀，將何以抱愧乎？

第七節註釋

1. 清洪亮吉論藏書有數等，為考訂家、校讎家、收藏家、賞鑒家、掠販家；見《北江詩話》卷三頁一。其實考訂家、校讎家，皆可稱為讀書家。
2. 《涑水紀聞》卷十頁十二。
3. 《宋史》卷四五八〈隱逸傳〉。
4. 蘇過〈夷門蔡氏藏書目敘〉。見《斜川集》卷五頁五至頁六。
5. 葉夢得《過庭錄》，馬端臨引，見《文獻通考》卷一七四。
6. 李清照〈金石錄後序〉，見《漱玉集》卷一頁二。
7. 《梁溪漫志》卷三頁八。
8. 同上註。
9. 同上註。
10.《陸放翁集》冊十二頁九八。
11.《道山清話》頁七。

12. 葉適〈樂齋藏書記〉稱許衛湜讀書心不旁騖，謂：「日融月釋，
    心形俱化；聲色玩好，如死灰焉。」見《葉適集》（卷十二）頁
    二〇三。

13. 《遂初堂書目》李燾跋。

14. 洪邁〈萬卷堂記〉。《藏書紀事詩》（卷一）頁四三引。

15. 《鶴林玉露》卷三頁至五。

16. 蘇軾〈李氏山房藏書記〉。《蘇東坡集》冊六頁廿八。

第八節 學風與流通

　　個人閉戶絕遊之讀書，何如以文會友、與友輔仁？故讀書貴形成風氣。宋代藏書家聚集之地，往往就有學風存在。例如宋敏求書多而熟誦，因此士大夫有疑議者，必定向之就正。[1]居於京師春明坊時，「士大夫喜讀書者，多居其側，以便於借置故也。當時春明宅子，比他處僦值常高一倍。」[2]

　　藏書並非人人可辦之事；但讀書之風氣盛，書之需求乃殷，於是有力者往往購書為一族或一地所用。宋初時，富人曹誠首建書院，邀戚同文主持，並且買田置書，以待來學者。事聞於京師，有詔賜名應天府書院。[3]應天府書院為宋代書院之先河，可見藏書與學術之息息相關。江州陳氏亦建家塾藏書，延請四方學者，「江南名士，皆肄業於其家。」[4]洪州胡仲堯構學舍於華林山別墅，聚書數萬卷，「設廚廩以延四方遊學之士。」[5]南宋時，蔡端念及族人多貧，不能盡學，於是買書置於村中石庵，並增建便房，願讀書者處息焉。[6]若此等書藏者，可謂宋代之公共圖書館矣。

　　然而此等書藏，多出於富人之熱心學術者，先有提倡之志，然後有聚書之舉，其義與建社倉相同，而異於一般

藏書家。至於藏書家之不私其所藏者，李常為其中代表。李常少時讀書於盧山五老峯下白石庵僧舍，藏書九千餘卷。其後宦遊京師，以藏書留贈盧山下之好學者。蘇軾備致褒美，謂：

> 公擇（李常）既已涉其流，探其源，採剝其華實而咀嚼其膏味，以為己有，發於文詞，見於行事，以聞名於當世矣，而書固自如也，未嘗少損。將以遺來者，供其無窮之求，而各足其才分之所當得。是以不藏於家，而藏於其故所居之僧舍，此仁者之心也。[7]

葉夢得於私人聚書以外，復留意於公家之收藏。夢得為郡守時，鑑於歷代書籍散亡之跡，皆由收藏不力之故；而當時亡書鏤板漸多，於是倡議「分廣其藏，以備萬一」。公庫適有羨錢二百萬，乃用以遍購經史之書，藏於官府，而記其經過與旨趣云：

> 廳事西北偶有隙地五丈有奇。作別室，上為重屋以遠卑濕。為之藏而著其籍於有司。退食之暇，素習未忘，或時以展誦。因取太史公金匱石室之意，名之曰紬書閣……後有同志，日月增益之，愈久當愈多；亦足風示吾僚，使知仕不可不勉於學。[8]

紬書閣乃供為仕者進修與參考之圖書館。夢得知仕與學之須並進，可謂深明吏治之要。

宋世藏書家，多有借書予人之器量。前述王欽臣傳書，專以一本借人；其他藏書家亦多能流通，甚至設酒饌以待來讀書者。蘇軾在黃州時，有岐亭監酒胡定之，「載書萬卷隨行，喜借人看。」[9]陸游之同事聞人滋，亦「多蓄書，喜借人。」[10]

然而宋代藏書家亦有珍秘其書者。尤袤之書，「新若未嘗觸手」，就是「重之不以借人」[11]之故。此亦不能深責，因借人書者，往往未能愛惜；其甚者污損、妄改、或至久不歸。趙令時談及北宋之世，已有借書據為己有之惡劣風氣：

> 比來士大夫借人之書，不錄不讀不還，便為己有；又欲使人之無本。穎州一士子，九經各有數十部，皆有題記，是謂借諸人之書不還者，每炫本多。[12]

無怪乎借書必擇其人也。若杜鼎昇者，可以借書矣。據謂鼎昇借本校勘，「有縫拆蠹損之處，必粘背而歸之。或彼此有錯誤之處，則書劄改正而歸之。」[13]有此美德，何可不借？

宋代開始，流行「借書一瘝，還書一瘝」之語，殊失忠厚。但此語實出於以訛傳訛，宋人已為之辯明。何薳云：

> 杜征南與兒書言：「昔人云：借人書一瘝，還人書一瘝。」山谷借書詩云：「時送一鷗開鎖魚。」又云：「明日還公一瘝常。」疑二字不同，因於孫恆唐韻五之字韻中瓶字下注云：「酒器，大者一石，小者五斗，古借書盛酒瓶也。」又得以證二字之差。然山谷鷗夷字必別見他說。當是古人借書，必先以酒醴通殷勤，借書皆用之耳。[14]

呂希哲亦謂：

> 予幼時有教學老人，謂予曰：「借書而與之，借人書而歸之，二者皆瘝也。」聞之，便不喜其語。後觀顏氏家訓說，「借人典籍，皆須愛護，先有闕壞，就為補治，此亦士大夫百行之一也。」乃知忠孝者如此。[15]

借書與否，見仁見智，不能相強。然而藏書家若能擇其人而借之，使其書沾溉多方，則亦士林一大快事。

第八節註釋

1. 《宋史》卷二九一〈宋綬傳〉。
2. 《曲洧舊聞》卷四頁九。

3. 《却掃編》卷上頁十至十一。

4. 《湘山野錄》卷上頁廿二。

5. 《宋史》卷四五六〈孝義傳〉。

6. 葉適〈石庵藏書目序〉，見《葉適集》（卷十二）頁二○三。

7. 蘇軾〈李氏山房藏書記〉，見《蘇東坡集》（卷卅二）冊六頁二七。

8. 《石林居士建康集》卷四頁一至二。

9. 蘇軾〈與秦太虛書〉，見《蘇東坡集》（卷三十）冊六頁二。

10. 《老學庵筆記》卷一頁八。

11. 《遂初堂書目》毛幷序。

12. 《侯鯖錄》卷七頁一至二。

13. 《茅亭客話》卷十頁四。

14. 《春渚紀聞》卷五頁四。

15. 《呂氏雜記》卷上頁六。

第九節　榮辱與散佚

宋代右文，而藏書家又多名重一時之士大夫，其榮寵有非他人所可比擬。第一章提及獻書者往往可得厚遇。趙安仁藏虞世南《北堂鈔》，為三館所無，真宗命內侍取之，喜其好古，手詔褒美。[1]尤袤取遂初賦以名其堂，光宗書匾「遂初」賜之。[2]史守之藏書樓「碧沚」一額，亦寧宗御書所賜。[3]藏書而得人主如此待遇，毋怪乎宋世藏書之盛也。

然而亦有以藏書而致坎坷者。如鮑慎由藏呂夏卿兵志，自是以此數坐累，官竟不進。[4]劉儀鳳在朝十年，以俸入之半以儲書，尤好藏國史錄，但卒為御史張之綱論其錄四庫書本以傳私室，遂斥歸蜀。[5]藏書家之榮辱，真不可以常數論也。

是榮是辱，身後行將兩忘。況且藏書從未能永久保有；當其作廣陵散時，亦無人問榮辱矣。洪邁嘗記北宋私藏之滄桑云：

> 王文康（溥）初相周世宗，多有舊唐書，今其子孫不知何在。李文正（昉）所藏既富，而且闢學館以延學士大夫，不待見主人，而下馬直入讀書，供牢饌以結其日力，與眾共利之。今其家僅有敗屋數楹，而書不知何在也。宋宣獻

（綬）家兼有畢文簡（士安）楊文莊（徽之）二家之書，其富蓋有王府不及者，元符中一夕災為灰燼。以道（晁說之）自謂家五世於茲，雖不敢與宋氏爭多，而校讎是正，未肯自遜；政和甲午之冬火，亦告譴。唯劉壯輿（恕）家於廬山之陽，自其祖凝之以來，遺子孫者唯圖書也，其書與七澤俱富矣，於是為作記；今劉氏之在廬山者不聞其人，則所謂藏書，殆亦羽化。乃知自古到今，神物亦於斯文為靳靳也。[6]

周密亦曾述兩宋私家藏書之下落：

宋室承平時，如南都戚氏、歷陽沈氏、廬山李氏、九江陳氏、番易吳氏、王文康（溥）、李文正（昉）、宋宣獻（綬）、晁以道（說之）、劉壯輿（恕），皆號藏書之富。邯鄲李淑五十七類二萬三千一百八十餘卷，田鎬三萬卷，昭德晁氏（公武）二萬四千五百卷，南都王仲至四萬三千卷，而類書浩博，若太平御覽之類，復不與焉。次如曾南豐（鞏）及李氏山房（常），亦皆一二萬卷，然其後靡不厄於兵火者。至若吾鄉故家，如石林葉氏（夢得）、賀氏（鑄），皆號藏書之多，至十萬卷。其後齊齋倪氏、月河莫氏、竹齋沈氏、程氏、賀氏，皆號藏書之富，各不下數萬餘卷，亦皆散失無遺。近年惟貞齋陳氏（振孫）書最多，蓋嘗仕於莆，傳錄夾漈鄭氏、方氏、林氏、吳氏，舊書至五萬一千一百八十

餘卷，且倣讀書志作解題，極其精詳，近亦散失。至於秀嵒東窗、鳳山三李、高氏、牟氏，皆蜀人，號為史家，所藏僻書尤多，今亦已無餘矣。吾家三世積累，先君子尤酷嗜，至鬻負郭之田，以供筆札之用，冥搜極討，不憚勞費，凡有書四萬二十餘卷，及三代以來，金石之刻一千五百餘種，庋置書種志雅二堂，日事校讎，居然鄴金之富。余小子遭時多故，不善保藏；善和之書，一旦掃地。因考今昔，有感斯文，為之流涕。[7]

蓋藏書乃一卷一帙之積累，而散佚往往為一朝一夕之災厄。且散佚之數，亦多方矣。今分述如下，並各繫事例以明之。

一 鬻賣

藏書之家，未必有藏書之子孫。子孫鬻賣，最為藏書家所遠憂。陳亞蓄書數千卷，並有異花、與怪石名「華亭雙鶴唳」，晚年為詩以戒子孫曰：「滿室圖書雜典墳，華亭仙客岱雲根。他年若不和花賣，便是吾家好子孫。」[8] 濡須秦氏，累世藏書，元祐年間上書請以宅舍及文籍，不許子孫分割。[9] 然而縱有先見之慮，鬻書子孫固自若也。子孫不能保守之事，書不勝載，而遭遇最可悲者，為江正之書：

正既沒，子孫不能守，悉散落於民間。火燔水溺，鼠蟲齧棄，並奴僕盜去，市人裂之以藉物。有張氏者所購最多，其貧乃用以為爨，凡一篋書為一炊飯。[10] 平民藏書，或能藏而不能教，故書籍往往散於子孫之年。例如田沈二家之書，其子孫盡鬻之。[11] 然而子孫鬻書，亦有幸有不幸。紹興初，賀鑄子孫鬻故書於道，高宗命有司者市之以實三館；[12] 其後賀鑄子仕郎賀廩獻書五千卷，遂獲添差，並官其家一人。[13] 同時曾畋之子溫夫鬻書於朝廷，亦得命官。[14]

與子孫鬻書同為可悲者，乃無子孫可傳。劉恕與子義仲再世藏書甚富，而陸游記其下落云：

壯興（義仲）死，無後，書錄於南康軍官庫。後數年，胡少汲過南康訪之，已散落無餘矣。[15]

以是知楊徽之藏書贈宋綬為有識矣。

楊徽之無子，故舉所藏書贈宋綬。井度雖有子，亦以藏書付諸晁公武，公武自序《郡齋讀書志》，為詳始末云：

南陽井公，天資好書，自知興元府，領四川轉運使，常以俸之半傳錄。時巴蜀獨不被兵，人間多有異本，聞之未嘗不力求，必得而後已。歷十餘年，所有甚富。既罷，載以舟即廬山之下居焉，與余厚。一日，貽余書曰：「度老且

死，有平生所藏書，甚秘惜之。顧子孫稚弱，不自樹立。若其心愛名，則為貴者所有。若其心好利，則為富者所有，恐不能保也。今舉以付子。他日其間有好學者，而後歸焉。不然，則子自取之。」余惕然從其命，凡得書若干部，計若干卷。……儻遇井氏之賢當如約。

蓋與其遺子孫而散佚，毋寧贈他人而獲全也。

二 火焚

火災為承平時書籍最大之厄。終宋之世，公私藏書燼於火者不可勝計。北宋時最大之火災，為祥符八年（一○一五）四月，榮王宮火，一日二夜，所焚屋宇二千餘間，三館圖籍，一時俱盡。陳振孫曰：「唐末五代書籍之僅存者，又厄於此火，可為太息也。」[16] 南宋秘閣辛苦經營，又於辛卯歲燼於火。[17]

火焚之厄，幾與宋代私家藏書相終始。宋綬書焚於元符中，晁文元書焚於政和甲午。[18] 丁卯歲一年之內，葉夢得與李光藏書俱燼於火。王明清記云：

南度以來，惟葉少蘊少年貴盛，平生好收書，逾十萬卷，置之霅川弁山山居，建書樓以貯之，極為華煥。丁卯

冬，其宅與書俱蕩一燎。李泰發家舊有萬餘卷，亦以是歲火於秦。豈厄會自有時耶？[19]

按李光書燬於所謂秦火，乃由於丁卯歲秦會之擅國，言者論會稽士大夫家藏野史以謗時政，故舉其書焚之。池魚之殃，王明清家藏書亦遭損失。明清記其事云：

> 初未知為李泰發家設也。是時明清從舅氏曾宏父守京口，老母懼焉，凡前人所記本朝典故與夫先人所述史蕙雜記之類，悉付之回祿。[20]

若此之類，可謂人工之火，與江正書一篋書為一炊飯為異曲同悲也。

三 水淹

甲子歲洛陽大水，富弼藏書萬卷，率漂沒放失。[21] 此乃宋代水災毀書之僅見記載者。此外又有覆舟沒書。

劉儀鳳既以傳書被斥歸蜀，以所藏書分作三船以備失壞。已而行至秭歸新灘，一舟為灘石所敗，餘二舟無他，遂以歸普州故郡，築閣藏之。[22] 前述劉儀鳳傳書必三本（見第三章），可謂具先見之明矣。

四 兵燹

書籍之劫，莫大於兵禍。兵火之起，本非有意於焚書；然劫燼所經，玉石俱燬，況書宜火物也。而亂離倉皇之際，藏書家保身之未暇，何能兼顧厚重之書乎？

靖康之變，為宋世文獻一大劫。王明清謂「中秘所藏與士大夫家者，悉為烏有。」[23]北方士大夫所藏固然盡為蕩析，而江浙戰塵所及之處，焚燬亦迨乎遍。觀李清照所記：

> 靖康丙午歲，侯（趙明誠）守淄川，聞金人犯京師，四顧茫然，盈箱溢篋，且戀戀且悵悵，知其必不為己物矣。建炎丁未春三月，奔太夫人喪南來，既長物不能盡載，乃先去書之重大印本者，又去畫之多幅者，又去古器之無欵識者。後又去書之監本者、畫之平常者、器之重大者，凡屢減去，尚載書十五車。至東海連艫渡淮，又渡江，至建康青州。故第尚鎖書冊雜物用屋十餘間，期明年春再具舟載之。十二月，金人陷青州，凡所謂十餘屋者，已皆為煨燼矣。建炎戊申秋……猶有書二萬卷，金石刻二千卷、器皿茵褥可待百客，他長物稱是。……冬十二月，金人陷洪州，遂盡委棄，所謂連艫渡江之書，又散為雲煙矣。獨餘少輕小卷軸書帖、寫本李杜韓柳集世說鹽鐵論、漢唐石刻副本數十軸、三代鼎

鼎十數事、南唐寫本書數篋，偶病中把玩，搬在臥內者巋然
獨存。……[24]

嗚呼！兵荒馬亂之際，尚復有藏書可言乎？好書愈甚者，
其傷痛愈鉅而已。至如朱軒歷世藏書萬卷於東平，南渡後
所存者惟書目，當抱書目而愴然也。

五 奪取

書籍散佚之故，尚有為有力者巧取豪奪，尤以世衰亂
離之際，實無從而拯救之。前述李清照所謂巋然獨存者，
十之五六於寄郊時為官軍叛卒取去，盡入李將軍家。[25] 王明
清記其先祖（王莘）藏書為帥兵者所掩有，亦足令人憤慨：

> 建炎初，寇盜蜂起，惟德安以邑令陳規元則帥眾堅
> 守，秋毫無犯。事聞，擢守本郡。先祖之遺書，留空宅中，
> 悉為元則載之而去。後十年，元則以閣學士來守順昌，亦保
> 城無虞，先祖汝陰舊藏書猶存，又為元則所掩有。二處之
> 書，悉歸陳氏。先人每以太息，然無理從而索之。[26]

明清之父（王銍）南渡以後，所至窮力鈔錄，亦有書數萬
卷。銍死，藏書又為秦檜之子秦熺所覬覦。陸游記云：

> 王性之既卒，秦熺方恃其父，氣焰薰灼，手書移郡，
> 將欲取其所藏書，且許以官。其長子仲信名廉清，苦學有

守，號泣拒之曰：「願守此書以死，不願官也。」郡將以禍福誘脅，皆不聽，熺亦不能奪而止。[27]

然不久亦終為秦伯陽遣浙漕吳彥猷渡江，攘取太半。[28]可見惡勢力之所以惡也。

以上諸端而外，藏書復以久假而散佚、或以偷盜而遺失。藏書家雖言「聚而必散，理物之常」，但看能達觀者實不多覯。周煇自言：

> 煇手鈔書，前後遺失亦多，未免往來於懷。因讀唐子西庚失茶具說，釋然不復芥蒂。其說曰：「吾家失茶具，戒婦勿求。婦曰：何也。吾應之曰：彼竊者必其所好也，心之所好則思得之，懼吾靳之不予也而竊之。則斯人也，得其所好矣。得其所好則寶之，懼其泄而秘之，懼其壞而安置之，則是物得其所託矣。人得其所好，物得其所託，復何言哉？婦曰：嘻，是烏得不貧。」[29]

是亦自我解嘲而矣。於書籍可有可無，得而不喜，失而不憂者，不得稱為藏書家。

然而吾人藏書，但取其左圖右史、懷鉛吮墨之樂可矣。至其散佚，非吾力所能止也。吾身尚不能永存於霄壤之間，況身外之書乎？

第九節註釋

1. 《宋史》卷二八七〈趙安仁傳〉。

2. 《宋史》卷三八九〈尤袤傳〉。

3. 《清河書畫舫》。《藏書紀事詩》（卷一）頁四七引。

4. 《郡齋讀書志》，《呂夏卿兵志》條下。

5. 《宋史》卷三八九〈劉儀鳳傳〉。

6. 《容齋續筆》（卷十五）頁一四六至一四七。

7. 《齊東野語》卷十二頁七至八「書籍之厄」條。

8. 《澠水燕談錄》卷十頁十。

9. 《直齋書錄解題》卷八頁九「秦氏書目」條下。

10. 鄭毅夫《江氏書目記》。《藏書紀事詩》（卷一）頁四引。

11. 《墨莊漫錄》卷五頁五。

12. 《建炎以來朝野雜記》（甲集卷四）頁六三「中興館閣書目」條下。

13. 《建炎以來繫年要錄》（卷五一）頁九〇一。又見《十駕齋養新錄》卷二十頁八引。

14. 《墨莊漫錄》卷五頁五。

15. 《老學庵筆記》卷九頁四。

16. 《玉堂逢辰錄》頁一「榮王宮火」條。又見《少室山房筆叢》（卷一）頁十五引。又《通雅》卷三頁二十引。

17. 《文獻通考》卷一七四。

18. 《通雅》卷三頁二十。

19. 《揮塵後錄》（卷七）頁一七四。

20. 同上註。

21.《東觀餘論》卷二頁廿一「跋元和姓纂後」。

22.《老學庵筆記》卷二頁五。

23.《揮麈後錄》（卷七）頁一七四。

24. 李清照〈金石錄後序〉。見《漱玉集》卷一頁二至三。

25. 周紫芝〈朱氏藏書目序〉。《藏書紀事詩》（卷一）頁三四引。

26.《揮麈後錄》（卷七）頁一七四。

27.《老學庵筆記》卷二頁六。

28.《揮麈後錄》（卷七）頁一七四。

29.《清波雜志》卷四頁一。

第十節 結語

宋代文獻盛極，於中國書史為燦然大備之一章。宋板書固為後此一千年之書籍制度樹立典範；而宋代私家藏書亦奠定後世之私家藏書制度。裝潢之法、保管之方，與乎簿錄分類實踐，皆至宋而驟精，而藏印之使用、書樓之講究，又為兩宋藏書家所開廣風氣。

宋代私家藏書之特色，首曰以傳錄為主。由傳錄之易誤，而有校勘之精勤。校勘之後，進而讀書。讀書形成學風，學風又鼓勵藏書，互為因果，盛極一時。

宋史〈藝文志序〉稱宋代：

> 君臣上下，未嘗頃刻不以文學為務。大而朝廷，微而草野，其所製作、講說、紀述、賦詠，動成卷帙，參而數之，有非前代之所及也。

志錄宋代文獻，為書九千八百十九部、十一萬九千九百七十二卷。傳於今者，雖僅十之三四，然已視前代為多。宋代三館，屢遭焚燬；而文獻之得以保存至今者，豈非私家藏書興盛、有以致之乎！

一九七一年四月十五日脫稿於芝加哥大學圖書館學院研究室

參考及徵引書目
（按作者之年代排列）

《莊子》一九二七年上海中華鉛印本（四部備要）

封演《封氏聞見記》趙貞信校注一九五八年北京中華本

王溥（922-982）《唐會要》一九三五年上海商務鉛印本（國學基本叢書）

黃休復《茅亭客話》在擇是居叢書第四六冊

司馬光（1019-1086）《涑水紀聞》在武英殿聚珍版書子部

釋文瑩《湘山野錄》在擇是居叢書第三八至三九冊

沈括（1031-1095）《夢溪筆談》胡道靜校證一九五七年北京中華本

蘇軾（1036-1101）《蘇東坡集》一九三〇年上海商務本（國學基本叢書本）

王闢之《澠水燕談錄》在稗海第五函

趙令畤（1051-1107）《侯鯖錄》在知不足齋叢書第廿二集

陳師道（1053-1101）《後山叢談》在學海類編集餘四

邵博（1057-1134）《河南邵氏聞見後錄》在津逮秘書第十五集

蘇過（1072-1123）《斜川集》在四部備要

錢惟演《玉堂逢辰錄》在五朝小說大觀

葉夢得（1077-1148）《避暑錄話》在津逮秘書第十五集

葉夢得（1077-1148）《石林居士建康集》鈔本

葉夢得（1077-1148）《石林燕語》在儒學警悟

程俱（1078-1144）《麟臺故事》在榕園叢書第廿二冊

黃伯思（1079-1138）《東觀餘論》在王氏書畫苑、書苑卷九至十

李清照（1084-1144）《漱玉集》一九三一年北平冷雪盦本

李心傳（1166-1243）《建炎以來朝野雜記》一九三七年上海商務鉛印本（國學基本叢書本）

李心傳（1166-1243）《建炎以來繫年要錄》一九五六年北京中華本

張邦基《墨莊漫錄》一九三六年上海商務據明刊本影印（四部叢刊三編之一）

鄭樵（1104-1162）《通志略》一九三九年上海商務鉛本（國學基本叢書本）

晁公武《郡齋讀書志》在書目續編冊三至五

李燾（1115-1184）《續資治通鑑長編》一九六一年臺北世界書局本（中國學術名著國史彙編第一期書）

程大昌（1123-1195）《演繁露》明萬曆間刻本

洪邁（1123-1205）《容齋隨筆》一九三七年上海商務鉛印本（國學基本叢書本）

陸游（1125-1210）《老學庵筆記》在稗海第五函

陸游（1125-1210）《避暑漫抄》在五朝小說

陸游（1125-1210）《陸放翁集》一九三九年上海商務鉛印本（國學基本叢書本）

陸游（1125-1210）《渭南文集》一九二九年上海商務影印明弘治間錫山華氏活字本（四部叢刊本）

周煇（1126-1198）《清波雜志》一九三四年上海商務據宋紹熙刊本影印（四部叢刊續編本）

王明清（1127-1215）《揮塵錄》一九六一年北京中華本（宋代史料筆記叢刊）

王明清（1127-1215）《玉照新志》一九三六年上海商務排印本（叢

書集成初編冊二七六九）

尤袤（1127-1194）《遂初堂書目》在海山仙館叢書第一函

王觀國《學林》一九三五年上海商務排印本（叢書集成初編冊三
○○至三○三）

高似孫《史略》在古逸叢書

王象之《輿地紀勝》清道光二九年（一八四九）甘泉岑氏懼盈齋刊
本

許棐《獻醜集》在百川學海己集

岳珂（1183-？）《九經三傳沿革例》在粵雅堂叢書二編第十七集

陳振孫（1190-1249）《直齋書錄解題》清光緒九年（一八八三）重
刊本

陳騤《中興館閣錄》在武林掌故叢編第十集

朱弁《曲洧舊聞》在知不足齋叢書第廿七集

費袞《梁谿漫志》在知不足齋叢書第二集

何薳《春渚紀聞》在津逮秘書第十五集

徐度《却掃編》在擇是居叢書第四○至四一冊

李石《續博物志》在古分逸史

羅大經《鶴林玉露》明刊本

呂希哲《呂氏雜記》在指海第四集

王暐《道山清話》在百川學海兩集

王應麟《玉海》一九六四年臺北華聯出版社據元後至元三年慶元路
儒學刊本影印周密（1232-1308）《澄懷錄》在榕園叢書第四二冊

周密（1232-1308）《志雅堂雜鈔》在學海類編集餘四

周密（1232-1308）《齊東野語》在學津討原第十四集

周密（1232-1308）《癸辛雜識》清照曠閣刊本

周密（1232-1308）《武林舊事》清乾隆間刻本

劉壎（1240-1319）《隱居通議》在讀畫齋叢書丙集

馬端臨《文獻通考》一九六〇年臺北新興書局影印本

脫脫（1313-1355）《宋史》百衲本二十四史函五八至七四。
　　一九三六年上海商務影印國立北平圖書館藏元至正刊本（闕卷以
　　明成刊本配補）

葉盛（1420-1474）《水東日記》清康熙十九年（一六八〇）重刊本

陸深（1477-1544）《續停驂錄》在儼山外集明嘉靖間刻本

焦竑（1541-1620）《焦氏筆乘》在粵雅堂叢書初編第一集

胡應麟（1551-1602）《少室山房筆叢》一九五八年北京中華本

張萱《疑耀》在嶺南遺書第二集

李日華（1565-1635）《紫桃軒雜綴》在李竹嬾先生說部全書

祁承《澹生堂藏書約》一九五七年上海古典文學出版社

張丑（1577-1643）《清河書畫舫》清乾隆廿八年（一七六三）序池
　　北草堂刊本

方以智（1611-1671）《通雅》清光緒六年（1880）桐城方氏重刊本

張應文《清秘藏》在美術叢書初集第八輯

鄭元慶《吳興藏書錄》一九五七年上海古典文學出版社（與島田翰
　　皕宋樓藏書源流考合訂一冊）

于敏中（1714-1779）編《天祿琳瑯書目》「後編」彭元瑞編清光緒
　　十年（一八八四）長沙王氏刊本

紀昀（1724-1805）《四庫全書總目提要》一九三七年上海商務本

錢大昕（1728-1805）《十駕齋養新錄》四部備要本

章學誠（1738-1801）《校讎通義》一九五六年北京古籍出版社

吳翌鳳（1742-1819）《遜志堂雜鈔》在槐廬叢書五編

洪亮吉（1746-1809）《北江詩話》在粵雅堂叢書初編第六集

徐松（1781-1848）《宋會要稿》一九三七年北平圖書館影印本

錢泰吉（1791-1863）《曝書雜記》在式訓堂叢書初集

丁日昌（1823-1882）《持靜齋書目》一九三四年來薰閣刊本

丁申《武林藏書錄》一九五七年上海古典文學出版社

孫從添《藏書紀要》一九五七年上海古典文學出版社（與祁承 澹生堂藏書約合訂一冊）

葉昌熾（1847-1917）《藏書紀事詩》一九五八年上海古典文學出版社

葉德輝（1864-1927）《藏書十約》一九五七年上海古典文學出版社（與楊守敬藏書絕句等合訂一冊）

葉德輝（1864-1927）《書林清話，書林餘話》一九六一年臺北世界書局影印本

島田翰《古文舊書考》一九二七年北平本

袁同禮《宋代私家藏書概略》在《圖書館學季刊》二卷（一九二八年）二期頁一七九至一八七

楊立誠、金步瀛《中國藏書家考略》一九二九年

查猛濟《中國書史》一九三一年上海商務本

胡樸安、胡道靜《校讎學》一九三一年上海商務本

錢基博《版本通義》一九三三年上海商務本

汪辟疆《目錄學研究》一九三四年上海商務本

吳春唅《江蘇藏書家小史》在《圖書館學季刊》八卷（一九三四年）一至二期頁一至六七、頁一八一至二三五

陳登原《古今典籍聚散考》一九三六年上海商務本

蔣元卿《中國圖書分類之沿革》一九三七年上海中華本

錢亞新《鄭樵校讎略研究》一九四八年上海商務本

宿白《南宋的雕版印刷》在《文物》一九六二年一月號頁十五至廿
八

張舜徽《廣校讎略》一九六三年北京中華本

梁子涵《兩宋簿錄考略》在《圖書館學報》一九六八年第五期頁一
〇三至一二六

Wu Kwang-tsing. "Libraries And Book Collecting In China Before The Invention Of Printing." *T'ien Hsia Monthly* 5 (1937), P.237-260.

Wong Vi-Lien. "Libraries And Book Collecting In China From The Epoch Of The Five Dynasties To The End Of Ch'ing." *T'ien Hsia Monthly* 8 (1939), P.327-343.

Wu Kwang-tsing. "Cheng Ch'iao, a Pioneer In Library Method." *T'ien Hsia Monthly* 10(1940), P129-141.

Wu Kwang-tsing. "Scholarship，Book Production And Libraries In China, 618-1644."Thesis (Ph.D.) Graduate Library School, University Of Chicago, 1944.

Yeh Te.hui. "Ts'ang Shu Shih Yueh (Bookman's Decalogue)" Translated By Achilles Fang. *Harvard Journal Of Asiatic Studies* 13(1950), P.132-173.

Sun Ts'ung-t'ien. "Ts'ang Shu Chi Yao (Bookman's Manual) "Translated By Achilles Fang. *Harvard Journal Of Asiatic Studies* 14 (1951) , P.215-260.

Tsien Tsuen-hsuin. "History Of Bibliographic Classification In China." *Library Quarterly* 22 (1952), P.307-324.

Goodrich, L. Carrington. "The Development Of Printing In China And Its Effect On The Renaissance Under The Sung Dynasty." *Journal Of The Royal Asiatic Society*, Hong Kong Branch 3 (1963), P.36-43.

Winkelman, John H. "The Imperial Library In Southern Sung China, 1127-1279."Thesis (Ph.D.) Graduate Library School, University Of Chicago, 1968.

宋刻書刊記之研究

中國舊刻書籍常有刊記，是研究板本甚為有助的資料，但可惜一直未受到目錄板本學家所重視。直至葉德輝（1864-1927）《書林清話》才闢專章論述「宋刻書之牌記」[1]，但僅提及牌記一些別稱，並舉宋代牌記十種為例。開章說：

> 　　宋人刻書，於書之首尾或序後、目錄後，往往刻一墨圖記及牌記。其牌記亦謂之墨圍，以其外墨闌環之也；又謂之碑牌，以其形式如碑也。元明以後，書坊刻書多效之，其文有詳有畧。

　　葉德輝此段為首替牌記下一定義，不過頗嫌疏略。首先他並未盡舉牌記之位置，因為甚多牌記出現於書中一些卷帙之末，甚或每卷之後。

　　他所舉牌記的別稱亦未全備。由於牌記多有邊圍，故又稱為「墨圍」[2]，稍小的有如木製印記，故又稱為「木記」[3]；又因為這些印記用墨，不用印泥，故又稱為「墨記」；稍大的似招牌多於似印記，故又稱為「牌記」；又似碑文，故又稱為「碑牌」。以上都是就其外在形式而稱之。還有因其內容為刊梓者的文字而稱為「刊記」或「梓語」的。後二者是後起的名稱，較為週密合理，把沒有邊圍的

「牌記」也概括進去,故此本文就採用「刊記」一名。茲綜括以上論述,嘗試為「刊記」下一界說如後:

> 刊記為刻書人於所刻書上之自述文字,置於書之首尾、或序後、或目錄後,或書中卷帙之末。因其形式,可稱為墨圍、木記、墨記、牌記、碑牌;因其內容,可稱為刊記或梓語。

中國印刷史專家張秀民認為刊記等於歐洲古版書之 colophon [4]。試看西方板本學權威 Alfred W. Pollard 為 colophon 所下定義:

...a final paragraph in some manuscripts and many early printed books, giving particulars as to authorship, date and place of production, and sometimes expressing the thankfulness of the author, scribe or printer on the completion of his task. [5]

除作用稍殊之外,西方之 colophon 的確相當接近我們的「刊記」。不過我們不可直以 colophon 譯「刊記」,因為在漢學著作中,colophon 通常指一書之前序後跋,此點不可不知。芝加哥大學教授錢師存訓將「刊記」譯為 printer's colophon,最為得之。

刊記之形成與發展

現存中國最早印刷物、唐《金剛經》[6]卷末有一行文字：

咸通九年四月十五日王玠為二親敬造普施。

唐懿宗咸通九年四月十五日相當於公元八六八年五月十一日。這段文字不單是現存中國最早之刊記，而且是世界最早之 colophon [7]。王玠不見經傳，大概是一位平民善信，印此經卷廣為流行，以為父母祈福消災。這段刊記與後來之刊記稍為不同，因為王玠大概不是刊書人，只是出資者。

由於唐及五代印本極罕傳世，我們無法肯定刊記出現於早期印本之頻率。北宋本中，最早出現刊記者為神宗熙寧（公元一〇六八至一〇七七年）印本開寶藏，其中《佛說阿惟越致遮經》卷末有一段文字（圖1）：

熙寧辛亥歲仲秋初十日中書劄子奉聖旨賜大藏經板於顯聖寺聖壽禪院印造。提轄管勾印經院事演梵大師慧敏等。

這段文字提及刊刻時地緣起，及主其事之僧人，是完整的刊記。熙寧辛亥即公元一〇七一年。

北宋末年，雕板印刷術漸趨流行，遍及全國。印刷術之發展，不因宋室南渡而中斷。南宋時，全國十五路都有刻書活動，刻書地點可考的有一七三處，而以三大中心為主：

一：臨安（杭州）為南宋行在所，同時為文化經濟薈萃之地，很自然亦成為印書中心。

二：福建之建安地區因盛產紙張木材，而宋代文化南移，福建人文蔚起，故此成為印書重鎮，尤以商業性刻書為興盛。

三：四川之成都在唐代為印刷術發祥地，五代時文物最盛，但在宋代此一最早印書中心漸趨式微。

南宋刻書不僅大為流行，而且按著官刻、家刻、坊刻三個方向蕃衍興盛。刻書人日益增多，於是分辨他們各自的產品就形成一種需要，而分辨方法亦漸漸定型為採用刊記。尤其刻書牟利的書商，更需藉刊記推銷所印書籍[8]。實際情形確是如此，故此研究刻書刊記，可以增加瞭解當時的刻書情況。

在刊記研究方面，有一甚為豐富可靠的資料來源，就是《中國版刻圖錄》（北京文物出版社一九六一年本）。這

書敘述了五百五十種中國舊版書，每種附有書影，尤以宋元本最為詳盡。書中一八九種宋代版刻，若從刻書年代、地域及刻書人加以分析，不難有所發現。茲將分析所得列為三表，以觀察刊記和時、地、人三者之關係：

由此三表，我們可以得出以下結論：

（一）在宋代，刊記的使用隨著時間日益普遍。從北宋的 6.6％到南宋後期的 24.1％，與時代發展成正比例。（表一）

（二）刊記出現於商業化刻書中心最為頻密，計建安 48.3％、臨安 21.3％、成都眉山地區 15％。這個次序剛好與這些中心的商業化程度相合。綜合來看，具有刊記的三十種宋版書中，竟有二十七種（90％）出產於這三個中心。（表二）

（三）刊記在坊刻本出現最多，家刻次之，官刻又次之。具有刊記的三十種宋版書，竟有二十三種為坊刻（76.7％）。（表三）

表一　刊記之年代分佈

刻書年代	圖錄所收宋本	具有刊記之宋本	百分比
北宋（960-1126）	15	1	6.6%
南宋初期（1127-62）	63	7	11.1
南宋中期（1163-1224）	78	15	19.2
南宋晚期（1225-79）	29	7	24.1
年代不可考者	4	0	0
總數	**189**	**30**	**15.8**

表二　刊記之地域分佈

刻書地點	圖錄所收宋本	具有刊記之宋本	百分比
臨安地區	47	10	21.3%
兩浙其他地區	30	1	3.3
淮南東路、淮南西路、江南東路	20	0	0
江南西路	21	2	9.5
建安地區	29	14	48.3
福建其他地區	11	0	0
湖北、湖南	7	0	0
四川	20	3	15.0
廣東	4	0	0
總數	**189**	**30**	**15.8**

表三 刊記與刻書人之關係

刻書人	圖錄所收宋本	具有刊記之宋本	百分比
官刻	86	3	3.5%
家刻	12	4	33.3
坊刻	40	23	57.5
刻書人不可考者	51	0	0
總數	**189**	**30**	**15.8**

這些統計所顯示的結論甚為明顯：刊記主要為書坊興盛下的產物，而且使用刊記的趨勢在有宋三百二十年間日益增加。

元明兩代對刊記之使用踵事增華。至於晚明，刊記變為簡單化和約定化。直至西方印刷術倒流 [9] 至中國，徹底改變中國之出版印刷面貌，中國書之刊記亦隨著這大潮流而銷沉，而被洋裝書的書名頁（title page）取代了。

從刊記的位置，亦可反映刻書商業化的一種情況。

歐洲古版書的 colophon 固定出現於書後，但在中國書籍發展史上，刊記被安排於書中不止一處。表四分析了上述三十種宋板書刊記的位置：

表四 宋板書刊記的位置

位置	刊記次數
序後	3
目錄後	11
一些卷帙之後	4
每卷之後	4
書後	7
其他	1
總數	**30**

從表中，可以見到宋板書中刊記最普遍出現於目錄後。其中理由大抵是刊記既成為商業化的文字，書坊就將刊記從書後逐漸移前，以盡早吸引購閱者之注意。在明代，甚至有書坊將刊記刻於扉頁甚或封面的。

刊記之內容與用途

　　刊記文字，正如葉德輝所言「有詳有畧」，從八九字至百數十字都有。無論詳略，刊記大多說明何時何地何人刻成此書。較為詳盡的刊記，多於這些刊刻資料以外，還附帶說明刊刻經過，以表露刻書人對所刻書之稱心滿意。至於刻書純為牟利的書坊，更藉此機會以廣招徠一番。此外，刊記又是鳴謝協助及聲明版權的理想工具。明代書坊甚至有利用刊記開列新書目錄，以備看客採購的。為說明刊記之內容與性質，無過於選讀實例了。以下從南宋板本中選錄刊記若干則，並予論述，略以年代先後為次。（圖2）《漢官儀》刊記：

　　　紹興九年三月臨安府雕印。

　　官刻本通常沒有刊記，而代以書首之刻書銜名甚或刻書諭旨。偶有刊記，亦簡潔一如此例。高宗紹興九年即公元一一三九年。

　　（圖3）《抱朴子》刊記：

　　　舊日東京大相國寺東榮六郎家、見寄居臨安府中瓦南街東、開印輸經史書籍鋪。今將京師舊本抱朴子內篇校正刊

行，的無一字差訛，請四方收書好事君子幸賜藻鑒。紹興壬申歲六月旦日。

這段為最早具有商業目的刊記之一。刻書人榮六郎家本於開封開設書坊，隨宋室南渡至臨安，舊鋪新張。為吸引舊時顧客而提及已為人所熟知的老鋪。由於南渡士大夫購買力較強，成為臨安當時書業之主要顧客，榮六郎家這種宣傳肯定是有效的。同時又可推測：杭州雖於北宋時已成為書業中心，但刻書事業之集中於此，還有待於南宋初年、百工眾業從北方如潮湧至之時。高宗紹興壬申即公元一一五二年。

（圖4）《後漢書注》刊記：

　　本家今將前後漢書精加校證，並寫作大字，鋟板刊行，的無差錯。收書英傑，伏望炳察，錢塘王叔邊謹咨。

此書刻於南宋初期建安地區，而刻書人為「錢塘王叔邊」，是臨安（即錢塘）書坊南移發展的例子。由此可見臨安對新興刻書中心的影響。王叔邊自道來自錢塘，不一定為了飲水思源，而是臨安刻書於當時享有盛譽，可以招徠之故。

（圖5）《黃山谷大全集》刊記：

麻沙鎮水南劉仲吉宅近求到類編增廣黃先生大全文集，計五十卷，比之先印行者增三分之一。不欲私藏，庸鐫木以廣其傳，幸學士詳鑒焉。乾道端午識。

麻沙鎮為建安書坊集中地之一，當時以紙粗墨劣、行窄字密、校勘又不經意之劣本聞名。這段刊記提及刻書者搜集到黃庭堅全集，才觸發刊刻動機，當然是廣告手法。事實上，當時坊刻本甚多竄增臆加，使書籍無復原貌。乾道為孝宗年號，當公元一一六五至一一七三年。

（圖6）《春秋經傳集解》刊記：

謹依 監本寫作大字附以釋文，三復校正刊行。如履通衢，了無室礙處，誠可嘉矣！兼列圖表於卷首，迹夫唐虞三代之本末源流，雖千歲之久，豁然如一日矣，其明經之指南歟！以是衍傳，願垂 清鑑。淳熙柔兆涒灘中夏初吉閩山阮仲猷種德堂刊。

這書是書坊劣本之代表作，魯魚纍纍，甚至刊記中亦將「窒礙」刊成「室礙」，而竟然還説「三復校正」，可謂缺德之至！兼列圖表亦當時書坊推廣銷路一法。孝宗淳熙柔兆涒灘即淳熙三年（一一七六年）。

（圖7）《春秋公羊經傳解詁》刊記：

公羊穀梁二書、書肆苦無善本。謹以家藏　監本及江浙諸處官本參校，頗加釐正，惟是陸氏釋音字或與正文字不同，如此序「釀嘲」陸氏「釀」作「讓」、隱元年「嫡子」作「適」、「歸含」作「唅」、「召公」作「邵」、桓四年「日蒐」作「廋」，若此者眾，皆不敢以臆見更定，姑兩存之，以俟知者。紹熙辛亥孟冬朔日建安余仁仲敬書。

余仁仲為建安書坊中不肯同流之刻書人，所刻書都能避免坊本疏忽之弊。由此刊記可見仁仲取各種板本精校細勘，對於未能確定之文字，「皆不敢以臆見更定」，而「姑兩存之」。這是很可取的慎重態度。光宗紹熙辛亥即公元一一九一年。

（圖 8）《新校正老泉先生文集》刊記：

先生父子文體不同，世多混亂無別，書肆久亡善本，前後編節刊行、非繁簡失宜，則取舍不當，魚魯亥豕，無所是正，觀者病焉。頃在上蔡，得呂東萊手抄凡五百餘篇，皆可誦習為矜式者。因與同舍校勘訛謬，擬為三集，逐篇指摘關鍵標題，以發明主意，其有事迹隱晦，又從而註釋之。誠使一見，本末不遺，事理昭晰，豈曰小補之哉！鼎新作大字鋟木，與天下共之。收書賢士，伏幸垂鑒。紹熙癸丑八月既望從事郎桂陽軍軍學教授吳炎濟之咨。

光宗紹熙癸丑即公元一一九三年。這篇刊記共有一六九字，在宋板書中如此冗長之刊記尚屬少見。刊記為行書，別於正文，可能為吳炎本人手迹，因為用編撰者本人手迹上板以刻序跋本來就是刻書一種習慣。此篇述及吳炎如何獲得呂本中手抄蘇洵文集，為之校註刊行。「鼎新」為中國舊時刻書術語，有鄭重之意。

（圖9）《東都事畧》刊記：

> 眉山程舍人宅刊行。已申上司不許覆板。

此書約刻於光宗紹熙（1190-1194）年間。對於書籍翻板，宋代雖然已有禁例，但未明文，且不普遍。官刻各書，非但沒有禁人翻板之語，甚至有明文准許納紙墨價錢覆印。當時偶有一二私家或書坊向地方官吏申請下令禁止翻板，以謀壟斷而已，並非載在法令。故此像這段刊記一般聲明版權，是絕無僅有之例。[10]

（圖10）《新編近時十便良方》刊記：

> 萬卷堂作十三行大字刊行，庶便檢用，請詳鑒。

此書約刻於寧宗慶元（1195-1200）年間。刊記文字大多涉及書之內容，似此只言書式者甚為罕見。建安刊本行窄字密，不便觀覽。此處聲明為大字本，以徠顧客。

（圖 11）《重修事物紀原集》刊記：

> 此書係求到京本，將出處逐一比校，使無差謬，重新寫作大板雕開，並無一字誤落。峕慶元丁巳之歲建安余氏刊。

寧宗慶元丁巳即公元一一九七年。這段刊記説明一個事實，就是京本（臨安本）為人重視，故此書坊翻刻，多以京本為底本。

（圖 12）《漢書集注》刊記：

> 建安蔡純父刻梓於家塾。

南宋後期，刻書人在刊記上爭奇鬥勝的情形漸少，代之而起的是陳陳相因的簡單刊記。如這段刊記僅十字，分為兩半，各以墨圍，有如店舖之招牌。這種形式在宋末以後為部分書坊沿用不輟。

（圖 13）《揮塵錄》刊記：

> 此書浙間所刊止前錄四卷，學士大夫恨不得見全書。今得 王知府宅真本，全帙四錄，條章無遺，誠冠世之異書也。敬三復校正，鋟木以衍其傳。覽者幸 鑒。龍山書堂謹咨。

這是南宋後期刻本。這篇刊記談及刻書人所據全本得自作者（王明清）後人。這個例子說明了訪求書籍一個來源：鄭樵（1104-62）求書八法之一的「因家以求」[11]。

（圖 14）《春秋經傳集解》刊記：

相臺岳氏刻梓荊谿家塾。

私家刻書多能重視品質而罔顧利潤，故其刊記往往簡略，毫無商業意味。例如「荊谿岳氏」（岳飛之後）這個刊記僅有寥寥十字，字用篆文，形似印章，有一種古雅樸拙之趣。

（圖 15）《續幽怪錄》刊記：

臨安府太廟前尹家書籍鋪刊行。

南宋臨安坊刻，往往於刊記詳列書鋪地址，建安書坊則極少如此。此中有一可能解釋，就是建安刻書行銷各地[12]，無需詳列鋪址；而臨安刻書主要顧客則為京師一帶之文人學士，故此需有指途文字。

刊記在書史上的價值

歷代刻書，流傳刊記甚多，保存了大量的刻書史料。刊記的內容，與現代書籍的書名頁相若，因此成為鑑定板本的重要線索。

但是，正由於它在鑑定板本上的功用，刊記成為歷代書估作偽的對象。書估射利，改換刊記以將較後板本混充古本的事屢有所聞。這種作偽，尤以明代覆刻宋本混充宋本最為常見。例如明板《戰國策》就會有書估竄加宋世綵堂刊記以充宋本的事 [13]。似此之事層出不窮，書不勝載。

另一種作偽方法為僅僅改換刊記中之年號，自較改頭換面為輕易。例如元板《尚書輯錄纂注》刊記就曾遭作偽，塗改年號至正（元順帝年號，1341-1367）甲午為慶元（宋寧宗年號，1195-1200）甲午。但編者為元朝人，且宋寧宗朝並無甲午年，作偽者可謂心勞日拙了 [14]。不過，雖然常有上述偽迹流傳，刊記仍不失為可靠之考訂板本資料，只要運用時小心辨偽就是了。

除了用來考訂板本之外，刊記復可照明印刷史研究者的道路，對書坊的關係、書業的情況提供線索。例如《文選五臣注》刊記（圖16）：

杭州貓兒橋河東岸開牋紙馬鋪鍾家印行。

又如《寒山子詩》刊記：

杭州錢塘門裏車橋南大街郭宅紙鋪印行。

這兩種都是南宋早期板本。坊間刻書附屬於紙鋪和
兼賣迷信品的紙馬鋪，說明了南宋早期書坊的利潤還很有
限，不足成為獨立的營業。

書坊的遷移，亦可於刊記中獲得端倪。上舉刊記當
中，有書坊榮六郎家由開封遷移杭州（圖3）、王叔邊由杭
州遷移建安（圖4）兩個事例。由於杭州印書業較開封為後
起，而建安又較杭州為晚出，我們不難肯定其間有印刷術
傳播的意義存在。若對刊記再作深入研究，推而廣之，甚
至可以作為研究經濟史和手工業史之助。

配合其他史料觀之，刊記復可提供印書工業的行情業
史。例如南宋臨安著名的書坊陳宅書籍鋪，為詩人陳起及
其子續芸所開設，遍刻唐人詩集[15]。陳宅早期所刻書（如
《李丞相詩集》）的刊記：（圖17）

臨安府洪橋子南河西岸陳宅書籍鋪印。

其後所刻書（如《唐女郎魚玄機詩集》）刊記中店址曾
經遷移：（圖18）

臨安府棚北大街睦親坊南陳宅經籍鋪印。

據南宋臨安地方志書[16]，當時杭州書業中心為橘園亭，而睦親坊較洪橋子為接近橘園亭。這說明一個事實：陳起曾將書鋪一度遷移，以期接近同行，而收聲應氣求之效。

當時另一書坊尹家書籍鋪（圖 15）所刻書字體風格酷肖陳宅，幾疑是同一書坊產品。大抵尹家陳宅，於書業為聯號，或至少合作無間，僱用同樣寫書人和刻工。由於宋代書坊的工作和營業情況，我們所知甚少，故此如陳尹二家這種關係，實在是很可貴的資料。

對於整個印刷史的研究，刊記的重要性不容忽略。尤其是刻書事業從政府及私家過渡到以書坊為主流，其消息很清楚地反映於刊記的設計、位置及內容上。這種印書商業化的轉變，是中國和西方印刷史的共通點之一。

FIG. 1

熙寧辛亥歲衙秋物十日中書劉子羣
聖旨賜大藏經板於顯聖寺聖壽禪院印造
提轄管幹印經院事演梵大師慧敏等

FIG. 2

紹興九年三月臨安府雕印

FIG. 3

舊日東京大相國寺東榮六郎家見寄
居臨安府中瓦南街東開印輸經史書
籍鋪今將京師舊本抱本子內篇校正
刊行的無一字差訛請四方收書好事
君子幸賜藻鑒紹興壬申歲六月日日

FIG. 4

本家今將前後漢書
精加校證並寫作大
字鋟板刊行的無差
錯收書　英傑伏望
炳察錢塘王叔邊謹咨

FIG. 5

麻沙鎮水南劉仲吉宅近求到
類編增廣黃先生大全文集計
五十卷比之其者增三分
之一工木以廣其
傳幸與　藏　乾道端午識

FIG. 6

謹依監本寫作大字附以釋
文三復校正刊行如履通衢了
亡室礙處誠可嘉矣兼列圖表
于卷首唐虞三代之本末
源流雖千歲之久豁然如一
矣其明經之指南歟以是衍傳
願垂清鑒淳熙柔兆涒灘中
夏初吉閩山阮仲猷種德堂刊

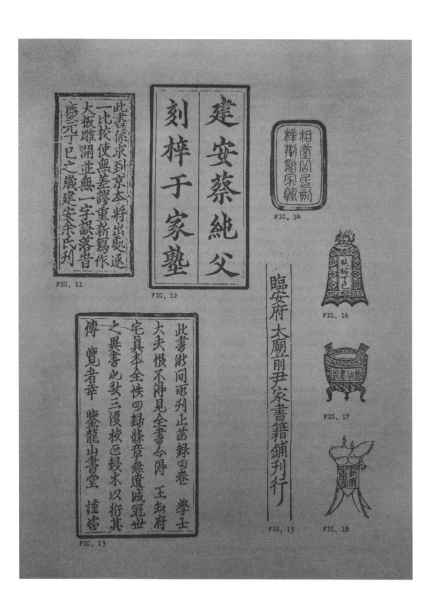

此書係求到京本，將出甑逐一比校，使無差謬重新寫作大板雕開並無一字誤落者，慶元丁巳之歲建安余氏刊

FIG. 11

建安蔡純父
刻梓于家塾

FIG. 12

相臺岳氏
釋諸相家塾

FIG. 14

此書鄉間所刊止茲錄四卷學士大夫恨不得見全書今得王叔府宅真本全快回歸條章無遺誠冠世之異書此致三渡校亡錄末以衍其傳覽者幸鑒龍山書堂謹密

FIG. 13

臨安府太廟前尹家書籍鋪刊行

FIG. 15

FIG. 16

FIG. 17

FIG. 18

註釋

1. 葉德輝《書林清話》（北京中華書局一九五三年本）頁一五二至
   一五三。

2. 板本學上，同時稱黑底白字的陰文為「墨圍」。為免混淆起見，
   此名稱不宜用。

3. 現代板本學家多喜用此名稱，如《中國版刻圖錄》及《國立中央
   圖書館善本圖錄》提到牌記時都稱之為「木記」。

4. 見張秀民〈宋孝宗時代刻書述略〉，載《圖書館學季刊》第十卷
   第三期（一九三六年九月）頁三八五至三九六。

5. 見 Paul A. Bennett, ed. *Books and printing*（Cleveland and
   New York：The World Publishing Company, 1963）, p.35.

6. 這是英考古家斯坦因（Marc Aurel Stein）發現敦煌遺物之一，
   現藏倫敦 British Museum。

7. 此語出自 Douglas C. McMurtrie，見其所著 *The books the story
   of printing and bookmaking*（New York and London: Oxford
   University Press, 1943）, p.88.

8. 據葉德輝所收資料，可考之南宋書坊約有二十二家，見《書林清
   話》頁八五至八八。實際數目當然遠比此數為多。

9. 我說倒流，因為西方印刷術本來是中國傳去的，詳見 Thomas
   Francis Carter. *The invention of printing in China and its
   spread westward*. Revised by L. Carrington Goodrich. 2nd ed.
   New York: The Ronald Press, 1955.

10. 關於宋代刻書翻板例禁問題，可參見葉德輝《書林清話》頁三六
    至四二。

11. 鄭樵〈求書之道有八論〉，見《通志略》卷廿二頁八二七至

八二八。

12. 朱熹曾説「建陽版本書籍行四方者無遠不至」，見《晦庵先生朱文公文集》（四部叢刊初編影印明嘉靖刻本）卷七十八〈建寧府建陽縣學藏書記〉。該記撰於淳熙六年（公元一一七九年）。

13. 見于敏中編《天祿琳瑯書目》（長沙一八八四年刻本）卷九葉一五至一六。

14. 見《國立中央圖書館宋本圖錄》（臺北一九七一年刻本）頁二六。

15. 關於陳起父子生平及所刻書，參見《書林清話》頁四七至五九。

16. 潛説友《咸淳臨安志》（杭州一八三〇年覆刻本）卷十二葉一。

活字印刷術在古代中國不能流行的原因

中國古代印書一直以雕板印刷為主流，直至清末，西方機械化鉛印術倒流到中國，雕板印刷始被取代。但其實活字印刷，中國早已有之，而且與雕板印刷一樣同是中國發明。

活字印書的最早記載

宋代科學家沈括（1031-1095）所撰《夢溪筆談》是一部內容豐富的學術著作，其中記錄了許多當時的科學知識及技術成就，例如下列一段文字（括號內註釋為本文作者所加）：

慶曆（1041-1048）中，有布衣畢昇，又為活板。其法用膠泥刻字，薄如錢唇（錢的邊緣），每字為一印，火燒令堅。先設一鐵板，其上以松脂臘和紙灰之類冒（敷舖）之，欲印則以一鐵範（界欄）置鐵板上，乃密布字印。滿鐵範為一板。持就火煬（烘）之，藥稍鎔，則以一平板按其面，則字平如砥（磨刀石）。若止印三二本，未為簡易，若印數十百千本，則極為神速。常作二鐵板，一板印刷，一板已自布字，此印者纔畢，則第二板已具，更互用之，瞬息可就。每一字皆有數印；如「之」「也」等字，每字有二十餘印，以備一板內有重複者。不用則以紙貼之（用紙籤標明），每韻為一貼，木格貯之。有奇字（生僻之字）素無備者，旋刻之，以草火燒，瞬息可成。不以木為之者，木理有疏密，沾水則高下不平，兼與藥相粘不可取。不若燔土，用訖再火令藥鎔，以手拂之，其印自落，殊不沾污。昇死，其印為予群從（子姪）所得，至今寶藏。

這是全世界關於活字印刷的最早記載。[1]《夢溪筆談》以翔實見稱，所言皆確切有據。沈括這段記載甚為著名，以致後人甚至誤會活字印刷始於沈括。[2] 其實畢昇造活字板時，沈括才十餘歲。據推斷，畢昇使用活板印刷的地點是在杭州，而畢昇發明活板後，施用不久，即齎志以歿，可能連徒弟都未及傳授。[3]

不過習慣上以畢昇發明活字，也不一定穩妥。上文說「不以木為之者」，就說明了畢昇以前已有人嘗試木造活字，不過由於木字受墨膨脹，效果不佳，[4] 至畢昇才以黏土造字解決這技術上的困難。

《夢溪筆談》以外，並無其他宋代文獻記載活字印書。而沈括本家保存畢昇的活字，似乎並未應用。[5] 這樣重要的技術，竟然並無流傳。畢昇所印何書，現亦無從查考。有幾種書傳說為宋代活字本，都被推翻。[6] 宋代活字本大概天壤間早已無傳。事實上，雕板和活字印書，成書後甚難辨識，更無論去分別木活字本或泥活字本了。

畢昇的發明，其價值雖不為當時人所認識；但後來依法仿造的卻是代不乏人，[7] 並且影響至於朝鮮。[8]

活字不能流行的原因

　　活字印刷在中國發明後，不能流行，最重要的原因當然是中國文字的本質。漢語是單音綴衍形意標，非由字母組成，因此一套可用的活字至少須有幾千個不同的單字。若「每一字皆有數印」，常用字甚至要「每字有二十餘印」，則一套活字為數至於十萬亦不為多。[9] 活字數量如此龐大，就大為削弱活字印書的優越性。反觀歐洲語文，大寫小寫加上數目字與符號，大約一百種不同的活字就可印書了。

　　另一重要原因，沈括已經提到。他說：「若止印三二本，未為簡易，若印數十百千本，則極為神速。」這段話殊不簡單，其中包含了極其正確的推論。活字印書過程中的刷印工作，只佔全部工序的小部分，絕多的時間是用於檢字、排版、歸字等步驟。因此活字祇宜於大量印書，印數越多，則每本平均需時便越少。活字版用過後，便要拆版歸字，不能保留。雕板印書則不然，書板雕好印書後，可以整板儲存，隨時可以刷印，必要時將書板修補一下便是。[10] 因此雕板印刷宜於長時期多次印書，而活字印刷宜於一次大量印書。中國古代的書籍需求情況正是前者，所以活字始終不能取代雕板。古時印書通常每次印數十部，

然後將板貯起，需要時再拿來加印。這樣可以避免貯藏成書、積壓資本，就突出了雕板印書的優點。

談及資本，活字印書所需資本亦遠比雕板為大。紙墨、印工，二者都相差無幾，但雕板只需木料和刻工的小量投資，而活字則需要製造大批活字的鉅額費用。長遠而言，活字用過再用，或者會較為廉宜，但開始時大造活字，就非有雄厚的資本不能辦到。印書之家，一般都缺乏這種經濟條件。反正刻苦耐勞的刻書工人無虞或缺。古代手工藝人經濟地位低下，提供了用之不竭的廉價勞力，於是有力者便懶於設想另一種省工省時的印書技術了。

舊中國的文化傳播，操縱於少數知識階層之手，亦是活字印書技術遭受埋沒的原因。讀書人愛好風雅，印書講求字畫行氣，甚至有不少作者手書上板，這在活字就辦不到。反之，雕板能夠充份保留發揮中國書法的藝術性。此外，「墨氣香淡」也是上好板本的必要條件，因此水分較多的松煙墨除了用來書寫以外也成為印書的主要用墨。這些墨適宜施於雕板，卻不宜於個別的木活字，[11] 更不宜於光滑的磁泥和金屬。[12] 由於購書者對字畫墨色的偏好，限制了印書的技術條件，而致拘滯於雕板印刷。

單就技術而言，活字的製造和排板工作都遠比雕板為繁難，一時也不容易培養一批熟練的工人。例如刻字，刻銅字比刻木字難，[13] 而刻活字又比刻整板難。又如活字歸類，無論依韻部或依部首筆劃，都是檢尋不易。這些技術問題集合起來，妨礙了活字印刷術在古代中國的發展——雖然活字印刷淵源於中國。

註釋

1. 比歐洲最先用活字印書的德國人谷騰堡（Johann Gutenberg, 1400?-1468）要早四百年。

2. 元初楊古用活字印《小學》、《近思錄》、《東萊經史論說》諸書，甚至將這種印刷技術稱為「沈氏活板」。

3. 胡道靜「活字板發明者畢昇卒年及地點試探」，載《文史哲》（一九五七年七月）頁 61-63。

4. 包世臣為翟金生《試印編》（見註 7）作序說：「木字印二百部，字劃就脹大模糊，終不若泥版之千萬印而不失真也。」

5. 明正德（1506-1521）年間，在河南汝南地方有人從地下掘出黑子數百顆，每子有一個字，書法類似歐陽詢，堅如牛角。當時有人以為這些精巧的活字，恐非畢昇不能造。見明強晟《汝南詩話》。

6. 清乾隆（1736-1795）間天祿琳琅藏有所謂「自」字橫排的宋活字本《毛詩》，而葉德輝《書林清話》卷八自謂所藏《韋蘇州集》即畢昇膠泥活字本。以上兩書，趙萬里認為都是明銅活字本。又

張秀民對於相傳所謂宋活字本五種，認為多凭主觀臆測，多不可信。

7. 清安徽涇縣靠教書為生的秀才翟金生因讀了《夢溪筆談》所記畢昇泥板，很感興趣，遂竭三十年辛勤，仿製泥字十萬多個，於道光廿四年（1844）印成《泥版試印初編》。其後又印了翟氏家譜和朋友的詩集。

8. 一九三〇年代，朝鮮還保存著大小陶活字二百多個，並有若干陶活字本流傳。

9. 清康熙（1662-1722）年間為印《古今圖書集成》而製銅活字一套共二十餘萬個。

10. 在中國印書史上，有關書板傳遞的記載很多，甚至有宋刻元修明印的「三朝本」。

11. 因為「木理有疏密，沾水則高下不平。」（沈括語）至於用來刻書的木板當然也有紋理，也會受水膨脹，但在整塊木板的情況下，變形的嚴重性遠少於個別木活字，不會影響印書。

12. 談到木以外的其他活字材料時，元王楨説瓦字和錫字「難於使墨，率多印壞，所以不能久行。」（《農書》卷二十六）

13. 清康熙年間，內府印《古今圖書集成》時刻造銅字，每字工銀比刻木字貴幾十倍。

書業惡風始於南宋考

屈萬里教授曾經撰文論述晚明書業的惡風，他舉例説明偽作古書、剽竊他人著作、冒充名人著作、以他家舊版冒充己刻新版、任意刪減原書等幾種現象，認為「這些情形，都可以表現出來對於學術嚴重的不良影響，以及當時出版界和著作人的惡劣風氣。」[1]

　　書業惡風是印書商業化和惡性競爭的結果。我國印書商業化並不始於晚明，所以屈教授的論述更可以向上推溯。張秀民先生認為南宋時各地營業書坊已經普遍設立，印本書籍成為重要商品之一。[2] 這是很有根據的論斷。本文擬就涉獵所得，舉例説明書業惡風的淵源可以上溯至南宋，可惜已不及得到屈教授的教正了。

　　葉夢得（1077-1145）在北宋末期曾經概述當時的印書情形説：「今天下印書，以杭州為上，蜀本次之，福建最下。京師比歲印板，殆不減杭州，但紙不佳。蜀與福建，多以柔木刻之，取其易成而速售，故不能工。福建本幾徧天下、正以其易成故也。」[3] 福建板本「最下」，正因為它們是書坊的產品。雖然杭州和四川也有書坊，但印書商業化的程度遠不及福建。最明顯見到的是在書籍的印刷形式。杭州板本，即使是書坊所印，也維持版式和字體的美觀，而福建板本卻不講究。這可能由於兩地的書籍市場不

同。杭州板本的顧客以京城讀者為主，文化水平較高、購買力也較強。福建板本多數轉販全國各地，為求減低成本便於運載，所以要擠緊版式壓縮冊數，發展出瘦長的印書字體，又採用質薄的竹紙來印刷。

工料的粗劣，尚未足以稱為惡風。商業化刻書的可惡在於它對書籍內容的破壞，造成文獻學術的損失。為了競爭和獲得更大利潤，[4]書坊千方百計標新立異，而不注重實際的編印工作，把文化大義忘卻了。

書坊刻書唯利是視，在他們看來，最值得刻印的書是銷路最好的書。流行書於是成為書坊的主要貨色，而通過刻印推廣，他們令流行書更加流行。王明清（1127-？）述及市井間流行《百家姓》。[5]熊鈺（1247-1312）為《翰墨全書》寫序，談及南宋末期書坊所印平日交際應用的書遍行天下。[6]此外，由於民間信仰的龐大力量，佛經也就成了書坊一種常印的書。

敏銳的書坊主人，往往能夠看準書籍的需求而及時供應。淳熙（1174-1189）中，孝宗詔進士習射，書坊竟印出《增廣射譜》七卷，[7]於是進士射箭，書坊射利，各得其所。開禧丁卯（1207），韓侂冑主張向金用兵，朝野競講北征，建安書賈魏仲舉於是從《紀年備遺》等書中，摘刊有

關戰伐的材料，編成《三國六朝五代紀年總辨》廿八卷，以備程試答策之用。書前序中有「靈旗北指，諸君封侯」之語，可見書肆曲投時局的動機。[8]為求在適當時機推出適當商品，書坊中人必須經常留意能夠造成書籍需求的時事。一個經常出現的機會是科舉考試，舉子數年一次博取功名，而書坊也數年一次賺取暴利。科舉考試對於中國印書史影響至大，自不待言了。

刊印流行書籍，迎合市場需求，是古今中外出版商的共性，不算是惡德，但以下的一些書業風氣，卻造成惡劣的後果：

【1】標新立異

編寫新書並非易事，即使新書面世，也不易為讀者接受，而重印名著便較便捷而少風險。在這種編新不如述舊的心理下，書坊紛紛重印經典著作。但為要表示自己重印的板本較為優勝，於是各自誇示所費的功力。南宋坊本書名之中，「纂圖互註」、「重言重意」和「諸儒評點」等字眼觸目皆是，都是為了強調重印時所加的編訂工作。隨舉一例，如《新刊諸儒評點古文集成》就據說採取了呂祖謙、真德秀、樓昉等名儒的評點而成書。不過，書坊牟利，學

者往往不屑與之合作。書坊中人不能聘得名手編訂，訛誤舛謬於是叢生，當時學者已有深感不滿的。張淏說：

> 近時閩中書肆刊書，往往擅加改易。其類甚多，不能悉紀，今姑取一二言之。睦州，宣和中始改為嚴州，今所刊元豐九域志，乃徑易睦州為嚴州。又廣韻「桐」字下注云：「桐廬縣在嚴州」。然易去舊字，殊失本書之旨。將來謬亂書傳，疑誤後學，皆由此也。[9]

坊本內容也有被後代學者猛烈抨擊的。例如《四庫提要》編者對《五子纂圖互註》有以下批評：

> 每種前各有圖，而於原註之中，增以互註，多引五經四書，及諸子習見之語，未能有所發明。其於《文中子》，則並無互註體例，殊未劃一。至《老子》之首列三圖……《莊子》之首，唯列周子太極圖、《荀子》之首列三圖……《揚子》之首列二圖……《文中子》之首列二圖……無一足資考證者。而《莊子》因《大宗師》篇有太極二字，遂附會以周子之圖，尤為無理。核其紙色版式，乃宋末建陽麻沙本。蓋無知書賈，苟且射利者所為。[10]

坊賈印書為要自誇與眾不同，而對經典著作牽強附會擅加編訂，以不知為知，淆亂天下讀書人的視聽。斥之為「無知坊賈」，並非過甚。

【2】誇多鬥博

為了吸引讀者購買，書坊往往強調自己所印的板本內容遠較他本為豐富。慶元六年（1200），建安書商魏仲舉印行《五百家註音辯昌黎先生文集》，首列評論詁訓音釋諸儒名氏一篇，據《四庫提要》編者的分析：

> 自唐燕山劉氏，迄潁人王氏，共一百四十八家。又附以新添集註五十家、補註五十家、廣註五十家、釋事二十家、補音二十家、協音十家、正誤二十家、考異十家，統計祇三百六十八家，不足五百之數。而所云新添諸家，皆不著名氏。大抵虛構其目，務以炫博，非實有其書。即所列一百四十八家，如皇甫湜、孟郊、張籍等，皆同時唱和之人，劉昫、宋祁、范祖禹等，亦僅撰述唐史，均未嘗註釋文集。乃引其片語，即列為一家，亦殊牽合。蓋與所刊五百家註柳集，均一書肆之習氣。[11]

至於所刊柳集，稱為《五百家註音辨柳先生文集》，則更為欺人之談：

> 書中所引，僅有集註、有補註、有音釋、有解義，及孫氏、童氏、張氏、韓氏諸解。此外罕所徵引，又不及韓集之博。蓋諸家論韓者多，論柳者較少，故所取不過如此。特姑以五百家之名，與韓集相配云爾。[12]

即使名實相符之書，如《五百家播芳大全文粹》網羅五二〇家駢散文，而「中間多採宦途應酬之作，取充卷數，……不免失於冗濫。」[13]

書坊編印叢書，往往以多取勝，至於濫竽充數。十三世紀初，長沙有書坊刊印《百家詞》，陳振孫著錄其目，並且評說「其前數十家皆名公之作，其末亦多有濫吹者。市人射利，欲富其部帙，不暇擇也。」[14]

【3】節略長篇

與誇多鬥博相反，書坊出版的另一形態，為刪節長篇著作，以求減低成本，及適應一般讀者的購買力。樓鑰（1137-1213）序《通鑑總類》道出了這種節本的市場價值：

> 《資治通鑑》，不刊之書也。司馬公自言精力盡於此書，而士夫鮮有能徧讀者，始則以科舉而求簡便，世所傳節本，自謂得此足矣。名宦既成，則又多汩於利名之場，益視為長物矣。[15]

為了表示自己的節本比別本更為詳盡，書坊想出一個自相矛盾的名目「詳節」。呂祖謙讀書時隨時節鈔備檢的筆記，去取未精，但建陽書坊刻而傳之，名曰《十七史詳節》。[16] 而各史的「詳節」本，又曾分別單行。

【4】盜印著作

前述《十七史詳節》的印行，極有可能未經作者同意。類此盜印，層出不窮。呂祖謙的另一著作《歷代制度詳説》本為祖謙家塾私課之本，其後轉相傳錄，遂以付梓。但祖謙年譜沒有撰作此書的記載，[17] 可見並非準備行世的著作。

書坊盜印著作，也有引致麻煩的。例如朱熹刊印《四書集註》之後，又以諸家之説紛錯不一，因設為問答，明所以去取之意，成《四書或問》。但《四書或問》其間頗多尚待商榷之處，而又無暇重編，所以未嘗出以示人。後來有書肆將此書暗中刊行，朱熹請於縣官，追索版片。[18] 盜印者於是心勞日拙了。

【5】印行偽書

除盜竊名著外，書坊也往往假託名家印行偽作。這種惡劣行徑既損學者之清譽，又增文獻之淆亂。諸如此類的偽書有題黃倫《尚書精義》、[19] 題李燾《續宋編年資治通鑑》、[20] 題劉攽《文選類林》、[21] 題呂祖謙《東萊家塾詩武庫》、[22] 題蘇軾《杜詩事實》、[23] 題王十朋《東坡詩集註》[24] 等等。

此外，書坊對於名家暢銷書籍，又偽為續貂之作，附於驥尾，欺騙讀者以漁利。如溫革撰《瑣碎錄》流行，書坊增益《瑣碎後錄》者是。[25]

【6】冒充官本

由於官刻本享譽最高，最為讀書人樂意購買，書坊有以自己所印板本冒充，以求速售者。福建麻沙書坊廣勤堂刊本《鍼灸資生經》卷前有崇寧（1102-1106）中校奏醫書一道奏表，和此書內容並不相應。《四庫提要》編者認為「殆書賈移他書進表，置之卷端，欲以官書取重」。[26]

【7】化整為零

南宋書坊最惡劣的風氣大概是從一書中抽出部分，巧立名目，另外單行。《百川學海》所收，有題楊萬里撰《誠齋揮塵錄》一書，《四庫提要》編者檢校其文，發現全書「實從王明清《揮塵錄話》內摘出數十條，別題此名，凡明清自稱其名者，俱改作萬里字。」[27]不過這位坊賈實在太不高明，不應在書名留下如此明顯的線索。此外，不著撰人名氏之《幽居錄》，全抄周密《齊東野語》六至十卷之文，隻字不異，只次序稍有顛倒而已。[28]

【8】以不全本充全本

印書之家，責任上應以全書饗讀者。倘若不得全書，亦應以真相告人。一些宋代書坊卻故意用不全本冒充全本。林之奇《尚書全解》，福建麻沙坊刊本僅十得二三。[29] 又有《翰苑新書》一五六卷，坊賈得殘本七十卷，改題方龜年編《記室新書》刊行。[30] 有時，書坊印書每卷節取部分而成，卷數不殊，而內容卻大為刪削。陳振孫收藏石懋敏撰《橘林集》三十一卷，記下這樣的感歎：「集僅二冊，而卷數如此。麻沙坊本，往往皆然！」[31] 以當時人言當時事，而說「往往皆然」，可見不是孤立的現象。

因為福建坊本粗製濫造，又有以上所述種種惡習，宋人對此大為反感，尤其是建陽縣麻沙鎮這個商業刻書中心的產品「麻沙本」，更往往被引為笑談。南宋時有一個關於麻沙本的著名故事如下：

> 三舍法行時，有教官出《易》義題云：「乾為金，坤又為金，何也？」諸生乃懷監本《易》至簾前請云：「題有疑，請問。」教官作色曰：「經義豈當上請？」諸生曰：「若公試，固不敢。今乃私試，恐無害。」教官乃為講解大概。諸生徐出監本，復請曰：「先生恐是看了麻沙本。若監本，則坤為釜也。」[32]

由此可見，「麻沙本」在宋代成為劣本的代名詞。後代目錄學者雖然崇奉宋本，但對宋代坊本也無好感。談及《增修校正押韻釋疑》時，《四庫提要》編者說此書「書肆屢為刊刻，多所竄亂。」[33] 而書坊中人也就被稱為「無知坊賈」了。[34]

因為對書坊刻書的不信任，宋代學者往往不欲將著作交付書肆。譬如許洪對陳師文等編《太平惠民和劑局方》作了增註以後，並不急於付梓。他在序中自言：

> 洪欲畀之書市，深恐急於射利者，漫不加意；……今敬委積慶名家，以陰騭為念者，鋟木以傳。[35]

當代的評價如此，則我們生於後世，對於書坊板本更應抱持「盡信書不如無書」的態度。

綜合以上所述，明代書業的惡風大半在南宋已經存在。「刻書而書亡」的指責，不應專對明人而發了。

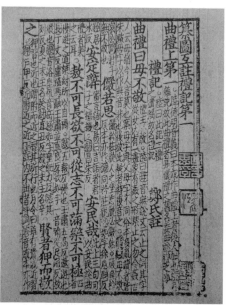

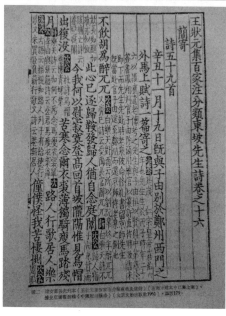

圖二　建安劉氏刻巾箱本《王狀元集百家注分類東坡先生詩》。據北京圖書館藏條《中國版刻圖錄》（文物文物出版社1961）。圖版179。

註釋

1. 《國立臺灣大學三十週年校慶專刊・學術講演與專題討論》（臺北 國立臺灣大學 1976），頁 26-29。

2. 張秀民〈南宋（1127-1279 年）刻書地域考〉《圖書館》1961: 3（1961 年 9 月），頁 52。

3. 葉夢得《石林燕語》（《叢書集成初編》冊 2754-2755），頁 74。

4. 當時刻書利潤一定頗為豐厚，否則就不會出現禁人翻雕的刻書牌記。見葉德輝《書林清話》（北京古籍出版社 1957）頁 36-42「翻板有例禁始於宋人」條。

5. 王明清《玉照新志》（《叢書集成初編》冊 2769），頁 49。

6. 熊鈇《熊勿軒先生文集》（《叢書集成初編》冊 2406），頁 5-7。

7. 陳振孫《直齋書錄解題》（臺北廣文書局 1968），頁 855。

8. 《合印四庫全書總目提要及四庫未收書目禁燬書目》（臺北商務印書館 1971），頁 1846-1847。以下簡稱《四庫提要》。

9. 張淏《雲谷雜記》（北京中華書局 1958），頁 69。

10. 《四庫提要》，頁 2765。

11. 《四庫提要》，頁 3142。

12. 《四庫提要》，頁 3145。

13. 《四庫提要》，頁 4152。

14. 《直齋書錄解題》，頁 1294。

15. 樓鑰《攻媿集》（《叢書集成初編》冊 2003-2022），卷末頁 iii。

16. 《四庫提要》，頁 1415。

17. 《四庫提要》，頁 2798。

18. 《四庫提要》，頁 722-723。

19. 《直齋書錄解題》，頁 88。

20 《四庫提要》，頁 1056。

21. 《四庫提要》，頁 2830。

22. 陳鵠《西塘集耆舊續聞》（《叢書集成初編》冊 2776），頁 60。

23. 汪應辰《文定集》（《叢書集成初編》冊 1986-1989），頁 112-113。

24. 《四庫提要》，頁 3235。

25. 《直齋書錄解題》，頁 741。

26. 《四庫提要》，頁 2107-2108。

27. 《四庫提要》，頁 2663。

28. 《四庫提要》，頁 2970。

29. 《四庫提要》，頁 221。

30. 《四庫提要》，頁 2830。

31. 《直齋書錄解題》，頁 1076-1077。

32. 這個故事見於宋人記載的，有《萍洲可談》、《石林燕語》、《老學庵筆記》等，文字稍有異同。此據陸游《老學庵筆記》（北京中華書局 1979），頁 94。

33. 《四庫提要》，頁 888。

34. 《四庫提要》，頁 2765。

35. 岡西為人編《宋以前醫籍考》（北京人民衛生出版社 1958），頁 775-776。

中國印刷版權的起源

版權問題是印書事業充分發展——尤其是印書商業化的產物。印刷術發明以前的抄本時期，版權問題應該不會出現。那時還沒有出版者，而作者則唯恐作品不能流傳，當然是歡迎抄寫的。抄本時期的書價，根據紙料和抄工計算，作者得不到經濟利益。印刷發明以後，初期因為投資大效率低，印書不是很賺錢，甚至是賠錢的事業所以也沒有人去究問版權之事。

　　印刷術逐漸發展的結果，是印書業出現競爭，有些人開始盜印已經出版並且通行的書籍，使原來的出版人利益受損。這個時候，就會有某種程度的法律介入，謀求止訟息爭，通常是讓原出版人獲得有關書籍的出版專利。

　　在中國歷史上，印書商業化可以上溯南宋，當時已有不少通行之書屢經刊刻，於是就產生了刻書權利誰屬的爭執。

　　南宋初年，書坊刻書似乎仍未須要徵得作者同意，甚至出現著作廣為流傳而作者懵然不知的情況。淳熙十四年（西元 1187 年）八月，洪邁（西元 1123-1202 年）一次入侍孝宗，孝宗提及他所著《容齋隨筆》，且説「煞有好議論」。洪邁受寵若驚之餘，出來打聽何以他的書竟蒙御覽，

方才曉得原來婺州刊刻此書，宮人買入內廷。這次榮寵觸發他寫作續筆、三筆、四筆，以至五筆的動機。

《容齋隨筆》的例子，是作者（至少在流傳之後）引以為慰的著作。書坊擅刻，有時甚至將作者不欲示人的未定稿也給刻印出來。朱熹（西元 1120-1200 年）既作《四書章句集注》，又以問答體寫了折衷諸家的《四書或問》，但因為無暇訂正，《或問》未嘗出以示人，不料書肆竟擅自刊行，於是朱熹請了縣官，追索書版。朱熹這種做法很符合現代版權立法的精神。現代版權法除承認著作財產權之外，更承認著作人格權，有些國家甚至把版權中的精神權利看成比經濟權利更為重要。無論如何，作品是作者精神的反映、人格的延長，絕對不能未經作者允許而發表出來。由以上兩例，可見南宋初年刻書之家未得作者允許而印行著作不是孤立事件。假如作者不予追究，印書就相安無事。即使作者告官辦理，至多也不外毀版焚書，折本消災而已，沒有更嚴重的後果。作者無論追究與否，似乎都得不到版稅稿酬，或其他經濟利益。而追究與否，似乎只基於聲名和學術上的考慮。至於對翻刻己出版著作的追究，現時仍未發現南宋初年以前的證據。

南宋中期，刻書風氣有了新發展。刻書之家注意到保護權益的問題。有三篇刊記反映這種新風氣。

眉山本王偁《東都事略》的刊記是言簡意賅的權益聲明。它説：

> 眉山程舍人宅刊行。已申上司，不許覆板。

「已申上司，不許覆板」八個字，和現代書刊版權頁上聲明「版權所有，不得翻印」真有異曲同工之妙。看來這八個字反映出書業中間一種近乎常規性的相互理解，應該不是版權問題發生時的最初形態。眉山在四川，而四川是中國印刷術的發源地，遠至唐朝中葉已有印刷品流傳至今。到南宋中期，四川印書業已臻成熟，所以產生現存第一則的版權聲明。

《浙本新編四六必用方輿勝覽》全錄禁止翻刻的官府榜文：

> 兩浙轉運司錄白。據祝太傅宅幹人吳吉狀：本宅見刊《方輿勝覽》及《四六寶苑》、《事文類聚》凡數書，並系本宅貢士私自編輯，積歲辛勤。今來雕版，所費浩瀚，竊恐書市射利之徒，輒將上件書版翻開，或改換名目，或以《節略輿地紀勝》等書為名，翻開攙奪，致本宅徒勞心力，枉費錢

本，委實切害。照得雕書，合經使臺申明，乞行約束，庶絕翻版之患。乞給榜下衢婺州雕書籍去處張掛曉示，如有此色，容本宅陳告，乞追人毀版，斷治施行。奉臺判，備榜須至指揮。右令出榜衢婺州雕書籍去處張掛曉示，各令知悉，如有似此之人，仰經所屬陳告追究，毀版施行，故榜。嘉熙二年十二月□日榜。衢婺州雕書籍去處張掛。轉運副使曾□□□□□□臺押。福建路轉運司狀。乞給榜約束所屬，不得翻開上件書版，並同前式，更不再錄白。

由以上公文，可見當時書業競爭逐利之風。此部《方輿勝覽》的刻書者同時也是編書者，「積歲辛勤」「所費浩瀚」的原動力，恐怕也是為了嗜利，所以禁人翻雕，以免「徒勞心力」，「枉費錢本」。榜文提及的《節略輿地紀勝》，也許就是競爭對手著實編刊過的一部《方輿勝覽》的節本。榜文分由兩浙及福建轉運司發給，可見地方行政有相當的獨立性，一處地方的版權聲明未必在其他地方同樣有效。此外，《方輿勝覽》等三部書，是編輯而成的書，這方面符合現代版權法裡面關於作者的定義。從現代版權的角度來說，所謂作者，不一定是原始作品的創作者，而且它包括利用原始作品編出新作品的人，因為編輯物在搜集、剪裁、分類、整理等工夫上，體現了編輯人的精神、知識和

技巧。編輯者以外，翻譯者、改編者、註釋者、校勘者、標點者、整理者，都因其勞動而享有著作物的全部或部分版權。假如榜文之中提及的《節略輿地紀勝》，雖以《方輿勝覽》為素材，但在改編過程中加入編輯者的「節略」技巧，而這技巧具有創意，則《節略輿地紀勝》的編刊未必侵害《方輿勝覽》的版權。況且一繁一簡，讀者對象本自不同。不過，現代版權法又有規定，編輯物之編輯者，不得因編輯而侵害他人之版權。所以假如《節略輿地紀勝》是完全根據《方輿勝覽》刪節而成，則其編者是難辭其咎的。

另外一篇版權聲明則著眼於學術，多於利潤。《叢桂毛詩集解》前有國子監的禁止翻版公文：

> 行在國子監據迪功郎新贛州會昌縣丞段維清狀。維清先叔朝奉昌武，以《詩經》而兩魁秋貢，以累舉而擢第春官，學者咸宗師之。卬山羅史君瀛常遣其子侄來學，先叔以毛氏詩口講指畫，筆以成編，本之東萊《詩經》，參以晦庵《詩傳》，以至近世諸儒，一話一言，苟足發明，率以錄焉，名曰《叢桂毛詩集解》，獨羅氏得其繕本，詳勘最為精密。今其侄漕貢樾鋟梓以廣其傳。維清竊維先叔刻志窮經，平生精力，畢於此書，倘或其他書肆嗜利翻版，則必竄易首

尾，增損音義，非惟有辜羅貢士鋟梓之意，亦重為先叔明經之玷。今狀披陳，乞倍牒兩浙福建路運司備詞約束，乞給據付羅貢士為照。未敢自專，伏候臺旨。呈奉臺判牒，仍給本監。除已備牒兩浙路福建路運司備詞約束所屬書肆，取責知委文狀回申外，如有不遵約束違戾之人，仰執此經所屬陳乞，追板劈毀，斷罪施行。須至給據者。板出給公據付羅貢士樾收執照應。淳佑八年七月□日給。

此篇公文發給者為國子監，屬中央政府，下達兩浙路福建路。比上例只在地方政府的轉運司備案，權利的覆護更高一層次。此例或可反映出版權問題越來越受重視，或版權糾紛越來越多的趨勢。還有一點值得注意的是，作者段昌武已死，現在由作者的親屬提出申請出版的專利權，這裡面已經接觸到現代版權法的繼承問題。在這個南宋的例子裡面，版權的繼承是自動的、無須作者生前指定或授權，完全地把著作看成是可繼承財產的一種。申請人段維清至少在表面上，是維護其先叔的著作人格權而站出來的。如現代版權法習慣中，作者死後，如有侵害作者精神權利的行為，例如「竄易首尾，增損音義」等等，得由繼承人請求除去這些侵害。

以上三則版權聲明，刻書人或為程舍人宅，或為祝太傅宅，或為羅貢士，都是和官府關連的有力之家。每例都由官府個別發給公文，可見出版權益的保護並未制度化。古代中國的法律運作實情就是如此，法律訴訟本來就不是細民百姓的普通權利，有力之家才打得起官司。事實上，也只有有力之家才刻得起書。

　　即以舍人、太傅、貢士的勢力，版權也要個別申請，和現代版權法不同。現代版權立法，有一個基本原則，就是版權自動生效。一部作品在它完成的時候，就自動地享有版權，不需要申請，或任何其他手續就受到版權保護。雖然，也有一些國家需要著作呈繳登記，才可取得版權，但大勢所趨是逐漸取消版權登記，因為版權登記不切實際，窒礙難行，而且易滋流弊，虛耗人力物力。不過在七八百年前的南宋已實施版權申請，在當時已經十分先進了。還有一點，在後兩例中，公文上都提到對於違法者的懲治，要經「本宅陳告」、「陳乞」、這點是古今如一的。依照現代立法，版權侵害案件，是所謂「告訴乃論之罪」，若無受害人提出訴訟，司法機關是不會追究的。至於懲治方法，南宋時是「追板劈毀」，這可能已經是很嚴厲的處分了，因為雕版刻印，工費浩大，印書之家很難承受這樣巨

額的損失。現代懲治侵犯版權行為，多亦罰款了事，鮮有判監，但往往於銷毀翻版書之外，尚須賠償版權持有人的損失。

三則版權聲明，配合洪邁和朱熹的事例來看，似乎在版權萌芽的南宋時期，作者（或其繼承人）比較重視版權的精神權利，刻書者比較重視版權的經濟權利。

印刷史家一般將古代刻書分為官刻本、私刻本、坊刻本三種。其實真正非牟利的私刻本為數不多，而且刻書動機很難根據片言隻語而論斷，所以倒不如分為官本和非官本兩類。本文引述的三篇版權聲明都屬於非官本。至於官刻本，似乎並不介意別處翻刻。官刻本上的公告都沒有禁人翻刻的文字，有不少非官本就以明據監本（國子監刊本）作為標榜。假如國子監的刊本尚且任人翻刻，其他官署刊本當亦可以一例觀之。

綜而言之，南宋時代出版權益的保護是刻書商業化的產物。雖然所見例子都是出於有勢力的刻書者個別向官府的申請，當時的版權保護尚未制度化，但這些申請之獲得接受，和其後的版權聲明之產生法律約束力，就足以證明南宋時期已出現版權的雛形。

毛詩講義十二卷　　文瀾閣傳抄本

宋林岊撰

叢桂毛詩集解三十卷附學詩總說論詩總說舊抄本　千頃
堂藏書

臨廳陵段昌武子武集　原本三十卷今佚卷五卷十卷
二十二二十三及末五卷每冊首俱有千頃堂圖書印記
行在國子監禁止翻板公據日行在國子監據迪功郎新
嶺州會昌縣丞段維清狀維清先叔朝奉昌武以詩經而
而魁秋貢以累舉而提第春官學者成宗師之卯山羅史
君嘗遍其子姪來學先叔以毛氏詩口講指畫華以成
編本之東萊詩記參以晦庵詩傳以至近世諸儒一萠一
訂苟足發明率以錄喬名曰叢桂毛詩集解狗羅氏得其

善本枝讐最為精密令其姪遭貢　擬梓以廣其傳維清
竊惟先叔刻志窮經平生精力畢於此書儻或其他書肆
嗜利翻板則必竄易首尾增損音義非惟有辜羅貢上毀
梓之意亦重為先叔明經之玷今狀披陳乞備牒兩浙福
建路運司備詞約束乞給牒批羅貢士為照末敢自專伏
候臺旨呈奉台判膿仍給本監除已備牒兩浙路福建路
運司備詞約束所屬書肆取責知委文狀回申如有不
遵約束違戾之人仰執此經所屬陳乞追板劈段斷罪施
行須至給據者
右出給公據付羅貢士　收執照應淳祐八年七月　日
給

詩說十二卷抄本

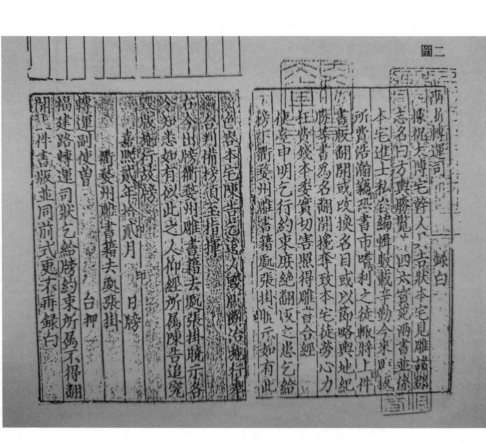

圖二

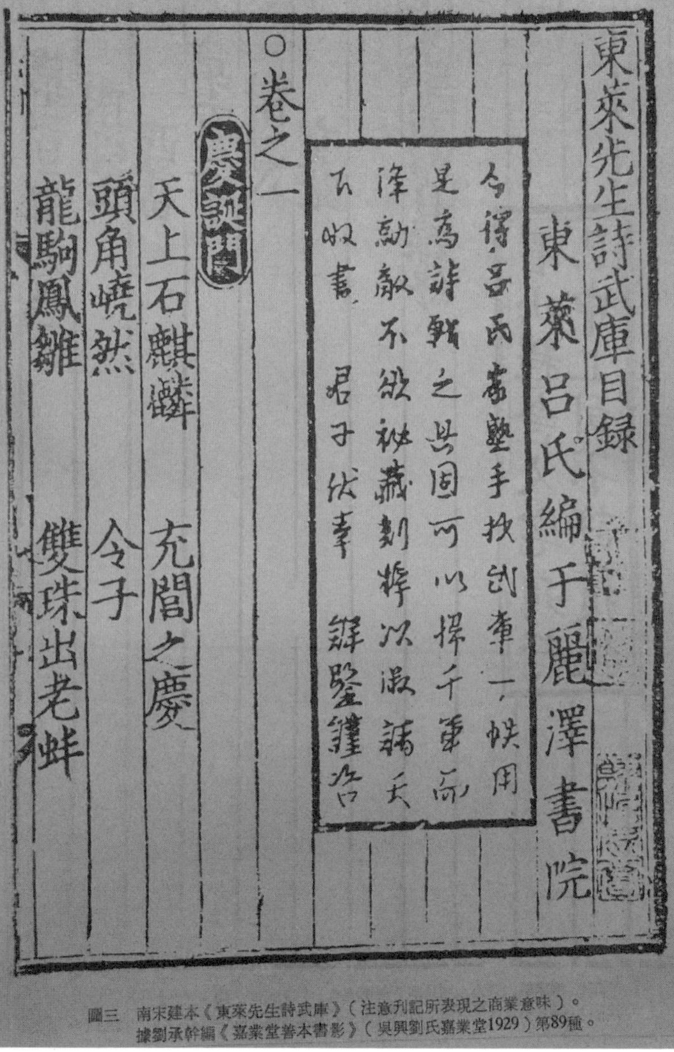
東萊先生詩武庫目録
東萊呂氏編于麗澤書院
今得呂氏家塾手抄武庫一帙用是為詩戰之具固可以掃千軍而降勍敵不欲祕藏刻梓以淑諸天下收書君子伏幸詳鑒謹咨
○卷之一
慶誕門
天上石麒麟　充閭之慶
頭角嶢然　令子
龍駒鳳雛　雙珠出老蚌

圖三　南宋建本《東萊先生詩武庫》（注意刋記所表現之商業意味）。據劉承幹編《嘉業堂善本書影》（吳興劉氏嘉業堂1929）第89種。

附
録

錢存訓教授著述編年

前言

　　此目收錄錢存訓先生所著專書及論文，按發表年次編列，包括 1931 年至 2013 年 12 月底止已發表或待刊之原作及譯文共 171 種，同題轉載以 1 種計。其中專著 19 種、小冊子 7 種、講義 6 種、書評 14 篇、序跋 13 篇、論文及雜著 119 篇，依性質可分為五類如下：一、書籍、造紙和印刷史 63 種，二、中外文化關係 16 種，三、圖書館學、目錄學 18 種，四、東亞圖書資源介紹 30 種，五、歷史、傳記及其他 46 種。以上分類目錄曾在《中國圖書文史論叢》（臺北，1990；北京，1991）及《中美書緣》（臺北，1998）先後發表。現再增訂將各種書名及篇名分別按發表先後重加排列，成此編年目錄。

　　錢先生於 1930-40 年代在國內發表之著作 8 種，內目錄 2 種。在大學時代即開始寫作，其中〈圖書館與學術研究〉一文，發表於 1931 年，後經收入《北京圖書館同人文選》，編者在序言中特別指出此文「經受了歷史的考驗，至今仍保有很強的現實意識，足見作者遠在青年時代，對圖

書館學的研究已經頗具功力。」另有所譯羅素的〈東西快樂觀念之歧異〉及歐策德的〈中國以抵制外貨為對外武器〉兩篇，先後發表在當時頗為風行的《世界雜誌》及《時事月報》，受到廣大讀者的好評。

在 1950 年代錢先生移居美國後，在芝加哥大學圖書館學研究院所作之〈中國圖書分類史〉由《圖書館季刊》（*Library Quarterly*）發表，是為以西文著述之始。其後以〈近代譯書對中國現代化的影響〉為題寫作碩士論文，節錄發表在專業學報《遠東季刊》（*Far Eastern Quarterly*），以後對中西文化關係的研究，亦多受此影響。

在 1960-70 年代錢先生因受亞洲研究學會東亞圖書館委員會之託，調查圖書資源、人員需要、及經濟來源等情況，陸續發表報告等多篇，成為美國高等教育當局及基金會等機構資助東亞研究及圖書館發展的一種主要根據。1964 年芝大舉行的「區域研究與圖書館」研討會由錢教授主持，所刊論文集為美國圖書館對非西方語文資料處理的重要參考資料，也是西方圖書館主管人員和學術界代表最早合作討論這一問題的里程碑。

在 1960-80 年代，錢先生的博士論文對「印刷發明前中國文字紀錄」的研究，為芝加哥大學出版社選入其

《圖書館學研究叢書》，並更名《書於竹帛》（ *Written on Bamboo and Silk* ）出版，並多次增訂複印，頗博國際好評，認為是研究中國圖書史、文化史、及古文字學的經典之作。其後參加李約瑟《中國科學技術史》中有關「造紙及印刷術」的寫作，因此研究及寫作重心多環繞這一主題。直至 1985 年全書出版以至最近，大部分的著術均與中國書籍、造紙、製墨、和印刷史有關。

自 1950 年代以來，錢先生在國外發表的著作多以英文為主，對象為西方及國際學術界。其中多種已譯為中文、日文、及韓文，一種係聯合國教科文組織特約撰述，以 15 種語文同時發表。其他不少皆由門人故舊譯為中文，刊載在港、臺及大陸各種刊物，現已收集整理，陸續出版，以供國內外中文讀者的參考。

目錄

1931　〈中國以抵制外貨為對外武器〉,《時事月報》1931.
　　　5(2): 96-102。(譯自 Dorothy J. Orchard《遠東工業化》
　　　之一章)

1932　〈東北事件之言論索引〉,《中華圖書館協會會報》
　　　1932.7(5): 11-24。

1933　《中文圖書館編目規則》(上海:上海交通大學圖書館,
　　　1933)。

1934　〈東西快樂觀念之歧異〉,《世界雜誌》1934.2(4):
　　　617-623。(譯自 Bertrand Russell, *The Conquest of
　　　Happiness*. New York: Liveright, 1930 之一章)

1935　《普通圖書館圖書選目》(與喻守真合編,上海:中華
　　　書局,1935)。

1936　《杜氏叢著書目》(錢存訓主編,上海:中國圖書館服
　　　務社,1936)。

1942　〈隋唐時代中日文化關係之檢討〉,《學術界》1.4(1942):
　　　39-46, 1.5(1942): 51-60, 1.6(1942): 55-65。署名「宜
　　　叔」。

1952 *Western Impact on China through Translation: A Bibliographical Study* . The University of Chicago, 1952.

1952 "A History of Bibliographic Classification in China." *Library Quarterly* 22.4(1952): 307-24.

1954 "Western Impact on China through Translation." *Far Eastern Quarterly* 14.3(1954): 305-29.

1954 [Review] *"Code of Descriptive Cataloging* by Charles E.Hamilton." *Library Quarterly* 24.4(1954): 414-415.

1955 "An Introduction to David Kwo and His Paintings." In *Modern Chinese Paintings* by David Kwo. Chicago: Art Institute of Chicago, 1955.

1956 "The Far Eastern Library of the University of Chicago, 1936-1956." *Far Eastern Quarterly* 15.3(1956): 656-658.

1957 *The Pre-printing Records of China: A Study of the Development of Early Chinese Inscriptions and Books* . The University of Chicago, 1957.

1957 [Review] *"Chinese Bronze Age Weapons* by Max Loether." *Library Quarterly* 27.2(1957): 109-110.

1958 [Review] *"Annals of Academia Sinica, No.3, Presented in Memorial of the 20th Anniversary of Late Secretary-General V.K. Ting 's Death* ." Ed. by Li Chi. *Journal of Asian Studies* 17.4(1958): 623-25.

1959 *Library Resources on East Asia* . Zug, Switzerland: Inter Documentation Co., 1959.

1959 "Far Eastern Resources in American Libraries." Coauthored with G. Raymond Nunn. *Far Eastern Quarterly* 29.1(1959): 27-42.

1959 〈圖書館極東資料〉，木寺清一譯，《圖書館界》1959.11(3): 124-34。

1959 "Asian Studies in America: A Historical Survey." In *Asian Studies and State Universities*. Proceedings of a Conference at Indian University Nov.11-13, 1956. Bloomington: Indiana University Press, 1959: 109-110.

1960 "Chinese Studies in America." *Newsletter of the Midwest Chinese Student & Alumni Services*, n. s., 1960. 4(3): 3-4.

1960 [Preface] *Chinese Local History in the Far Eastern Library, University of Chicago* . Chicago: University of Chicago Library, 1960.

1961 〈美國早期的亞洲研究〉，洗麗環譯，《大陸雜誌》1961. 22(5): 147-52。

1961 〈漢代書刀考〉，《中央研究院歷史語言研究所集刊外編》4（下冊，1961）: 997-1088；劉家璧，《中國圖書史資料集》（香港）1974: 159-75。

1961 "China." In *American Historical Association: A Guide to Historical Literature*. New York: McMillan, 1961.

1961 "The Lingnan Painters." *Newsletter of the Midwest Chinese Student and Alumni Services*, n. s., 5.4(1961).

1962 *Written on Bamboo and Silk: The Beginnings of Chinese Books and Inscriptions*. Chicago: University of Chicago Press, 1962.

1962 "Silk as Writing Material." *Midway* 11(1962): 92-105.

1962 "The University of Chicago Doctoral Dissertations and Master's Theses on Asia 1894-1962." Compiler with preface. Chicago: Committee on Far Eastern Civilizations and Committee on South Asian Studies, University of Chicago, 1962.

1962 [Review] "*A Guide to Doctoral Dissertations by Chinese Students in America. 1905-1960* , by T. L. Yuan." *Library Quarterly* 32(1962): 241-242.

1963 [Review] "*Chinese Calligraphy and Painting in the Collection of John M. Crawford. Jr.*, ed. by Laurence Sickman." *Papers of the Bibliographical Society of America* , 1963: 249-251.

1964 "First Chinese-American Exchange of Publications." *Harvard Journal of Asiatic Studies* 25(1964): 19-30.

1964 *Present Status and Personnel Needs of Far Eastern Collections in America: A Report for the Committee on American Library Resources on the Far East of the Association for Asian Studies.* Washington, D.C., 1964.

1964 "Chinese Libraries in Chicago." *Newsletter of the Midwest Chinese Student & Alumni Services,* n. s., 7.4-5(1964): 3.

1965 "East Asian Collections in America." *Library Quarterly* 35.4(1965): 260-82.

1965 "Beauty Contests in Imperial China." *Newsletter of the Midwest Chinese Student & Alumni Services,* n.s., 9.1(1965.10): 2.

1965 [Review] *"Intrigues: Studies of the Chan-Kuo-Ts'e ,* by J. I. Crump." *Journal of Asian Studies* 24(1965): 34-39.

1966 *Area Studies and the Library.* Co-ed. Howard W. Winger. Chicago: University of Chicago Press, 1966.

1966 〈美國的東亞書藏〉，居蜜譯，《出版月刊》1966.11(1): 69-77。

1966 〈董作賓先生遊美記略〉,《傳記文學》9.5(1966.11): 49-52;《董作賓先生逝世三週年紀念集》(臺北, 1966),328-339。

1967 "Tung Tso-pin in America ." *Newsletter of the MidwestChinese Student & Alumni Services*, n.s., 10.1(1967.1): 2-3.

1967 [Review] "*Specimen Pages of Korean Movable Types*, by M. P. McGovern." *Library Quarterly* 37(1967): 40-41.

1967 〈北平圖書館善本書籍運美經過〉,《傳記文學》10.2(1967.2): 55-57;《思憶錄——袁守和先生紀念冊》(臺北,1967),114-118。

1967 "[Biographies of] Ch'i Pai-shih 齊白石, Kao Chienfu 高劍父 and Kao Ch'i-feng 高奇峰, Feng Ch'engchun, 馮承鈞 ." In Howard L. Boorman, ed., *Biographical Dictionary of Republican China*. New York: Columbia University Press, 1967.

1968　[Review] *"Contemporary China: A Research Guide, by Peter Berton & Eugene Wu." Library Quarterly* 38.3(1968.7): 276-277.

1969　〈中美書緣──紀念中美文化交換百週年〉,《傳記文學》14.6(1969.6): 6-9;《文獻》1993. 4: 187-194。

1969　〈美國遠東圖書館概況〉,成露西節譯,《東海大學圖書館學報》1969.9: 197-200。

1969　〈論明代銅活字版問題(Movable-type Printing in Ming China)〉,《慶祝蔣慰堂先生七秩榮慶論文集》(臺北,1969),127-44;劉家璧,《中國圖書史資料集》(香港,1974),511-526;《圖書印刷發展史論文集初編》(臺北,1957),356-66;《學術集林》7(1996.4): 107-129。

1969　*Chinese Library Resources: A Syllabus*. Prepared with K. T. Wu. Chicago: Institute for Far Eastern Librarianship, University of Chicago, 1969.

1969　*A Guide to Reference and Source Materials for Chinese Studies*. Prepared with Weiying Wan.

Chicago: Institute for Far Eastern Librarianship, University of Chicago, 1969.

1970 "China, Library Association of." In *Encyclopedia of Library and Information Science*, Vol. 4. New York: Dekker, 1970: 656-57.

1971 〈中國古代文字記錄的遺產〉，周寧森譯，《香港中文大學中國文化研究所學報》4.2(1971.12): 273-86。

1971 "A Study of the Book Knife in Han China." Translated by John H. Winkelman. *Chinese Culture* 21.1(1971.3): 87-101.

1971 "East Asian Library Resources in America: A New Survey." *Association for Asian Studies Newsletter*16.3(1971): 1-11.

1972 "Education for Far Eastern Librarianship." *International Cooperation in Oriental Librarianship*. Canberra: National Library of Australia, 1972: 108-116.

1972 "China: The Birthplace of Paper, Printing and Movable Type." UNESCO Courier 25(1972.12): 4-11.;

Rpt. in *Pulp and Paper International*. Brussels, 1974: 50-56. 此文為聯合國教科文組織《信使月刊》慶祝「國際書年」特約撰述，同時以 15 種語文發行。

1972 〈中國對造紙術和印刷術的貢獻〉，馬泰來譯，《明報月刊》1972.7(2): 2-7。

1972 *Terminology of the Chinese Book, Bibliography and Librarianship*. Chicago: Graduate Library School, 1972.

1972 [Review] "Directory of Selected Scientific Institutions in Mainland China." *Library Quarterly* 42.4(1972.10).

1973 [Preface] *Far East: An Exhibition of Resources in the University of Chicago Library*. Chicago: Committee on Far Eastern Studies and Committee on South Asian Studies, University of Chicago, 1973.

1973 [Introduction] *Author-title Catalog of the Far Eastern Library, University of Chicago*. Boston: G. K. Hall, 1973.

1973 "Raw Materials for Old Papermaking in China." *Journal of the American Oriental Society* 93.4(1973. 10-12): 510-519.

1973 〈英國劍橋大學藏本《橘錄》題記〉,《清華學報》 10.1(1973.6): 106-114,附英文提要。

1973 〈中國古代的簡牘制度〉,周寧森譯,《香港中文大學中國文化研究所學報》6.1(1973.12): 45-60;《圖書印刷發展史論文集續編》(臺北,1977),17-32。

1974 〈中國古代的造紙原料〉,馬泰來譯,《香港中文大學中國文化研究所學報》7.1(1973.12): 27-39;《中華文化復興論叢》第 9 集(臺北,1977),664-679;《圖書印刷發展史論文集續編》(臺北,1977),33-42。

1974 〈譯書對中國現代化的影響〉,戴文伯譯,《明報月刊》 1974.9(8): 2-13;《文獻》1986.2(28): 176-204。

1975 〈《中國古代書史》後序〉,香港中文大學,1975。

1975 [Review] "*Chinese Colour Prints from the Ten Bamboo Studio* , by Jan Tschichold." Translated by Katherine Watson. *Journal of Asian Studies* 34.2(1975.2): 513-515.

1975 [Preface] T. L. Yuan. *Bibliography of Western Writings on Chinese Art and Archaeology.* Compiled by Harrie Vanderstappen. London: Marshall, 1975.

1976 "[Biographies of] An Kuo 安國 and Hua Sui 華燧." In *Dictionary of Ming Biography, 1368-1644.* Ed. by L Carrington Goodrich & Chao-ying Fang. New York: Columbia University Press, 1976: 9-12, 647-650.

1976 *Current Status of East Asian Collections in American Libraries, 1974-1975.* Washington, D. C.: Center for Chinese Research Materials, Association of Research Libraries, 1976.

1976 "Current Status of East Asian Collections in American Libraries: A Note on the Final Version." *Committee on East Asian Libraries Newsletter* 50(1976.7): 45-47.

1977 "Current Status of East Asian Collections in American Libraries." *Journal of Asian Studies* 36.3(1977.5): 499-514.

1977 [Preface] *Far Eastern Serials in the University of Chicago Libraries.* Chicago: Far Eastern Library, University of Chicago, 1977.

1977 [Preface] *Daisaku Ikeda Collection of Japanese Religion and Culture.* Chicago: Far Eastern Library, University of Chicago, 1977.

1977 *Introduction to Chinese Bibliography: Outline and Bibliography.* Chicago: Graduate Library School, University of Chicago, 1977.

1977 *Chinese Bibliography and Historiography: Outline and Bibliography.* Chicago: Graduate Library School, University of Chicago, 1977.

1977 *History of Chinese Printing and Publishing: Outline and Bibliography.* Chicago: Graduate Library School, University of Chicago, 1977.

1978 *Manual of Technical Processing.* Chicago: Far Eastern Library, University of Chicago, 1978.

1978 *China: An Annotated Bibliography of Bibliographies* 《中國書目解題彙編》. In collaboration with James K. M. Cheng 鄭炯文. Boston: G. K. Hall, 1978.

1978 *Chiu Ching San Chuan Yen Ko Li* 九經三傳沿革例《宋代書錄》. Ed. by Yves Hervouet. Hong Kong: The Chinese University of Hong Kong, 1978.

1978 〈書籍、文房及裝飾用紙考略〉,馬泰來、陳雄英譯,《香港中文大學中國文化研究所學報》9.1(1978): 87-98。

1978 *Ancient China: Studies in Early Civilization* 《古代中國論文集》. Co-ed. with David T Roy. Hong Kong: The Chinese University of Hong Kong, 1978.

1979 [Review] "*Chinese History: Index to Learned Articles, 1905-1964* by P. K. Yu." *Harvard Journal of Asiatic Studies* 33(1979): 291-94.

1979 "Trends in Collection Building for East Asian Studies in American Libraries." In Wason Collection 60th Anniversary Conference: *Cooperation Among East Asian Libraries*. Ithaca: Cornell University Libraries,

1979: 7-34.; College and Research Libraries 40.5(1979.9): 405-415.

1979 〈美國圖書館中東亞資源現況調查〉，李連揮譯，《圖書館學資訊科學》5.2(1979.10): 38-40。

1980 《中國古代書籍史——竹帛に書す》，宇都木章、澤谷昭次、竹之內信子、廣瀨洋子合譯，平岡武夫序（東京：東京法政大學出版局，1980）。

1982 "Why Paper and Printing were Invented First in China and Used Later in Europe." *Explorations in the History of Science and Technology in China.* Shanghai, 1982: 459-470.

1983 〈竹簡和木牘〉，《中國圖書文獻學論集》（臺北，1983），647-678。

1982 [Review] "*Cambridge Texts in the History of Chinese Science on Microfiche.*" *Chinese Science* 5(1982): 67-70.

1983 〈遠東圖書館員的專業教育〉，潘銘燊譯，《中國圖書館學會會報》35(1983.12): 93-98。

1983 [Preface] "An Introduction to the Studies in East Asian Librarianship." *Asian Library Series*. San Francisco & Taipei: the Chinese Materials Center, 1983.

1984 "Technical Aspects of Chinese Printing." In *Chinese Rare Books in American Collections*. Ed. Soren Edgren.New York: China Institute in America, 1984: 16-25.

1985 *Paper and Printing*. In Joseph Needham, *Science and Civilization in China*. Cambridge & New York: Cambridge University Press, 1985.

1985 〈歐美地區古籍存藏現況〉,《古籍鑑定與維護研習會專集》(臺北,1985),25-46。

1985 〈中國歷代活字本〉,《古籍鑑定與維護研習會專集》(臺北,1985),211-223。

1985 〈歐洲印刷術起源的中國背景〉,《東方雜誌復刊》1985.19(5): 18-23;《中國印刷》1987.18: 86-91;《第三屆國際中國科學史會議論文集》(北京,1990),251-256。

1986 〈歐美各國所藏中國古籍簡介〉,《明報月刊》
1986.21(1): 105-116;《圖書館學通訊》1987.4:
57-67。

1986 〈中國發明造紙和印刷術早於歐洲的諸因素〉,金永華
譯,《明報月刊》1985.20(6): 69-72;《中國科技史探
索中文版》(上海,1986),443-452。

1986 〈近世譯書對中國現代化的影響〉,《文獻》1986.2:
176-204。

1986 〈家庭及日常用紙探原〉,《中國造紙》1986.5(4,6):
58-61, 63-66;《紙史研究》1986, 2: 30-39;《明報
月刊》1986.21(9,10): 74-77, 96-100;《漢學研究》
5.1(1987.6): 75-93。

1986 〈なぜ中國ぼ——ロツバすも早く紙と印刷術を發明
こたが〉,澤谷昭次譯,《山口大學教養部紀要》1986,
20: 1-12。

1987 〈中國雕版印刷技術雜談〉,《蔣慰堂先生九秩榮慶
論文集》(臺北,1987),頁 23-37;《明報月刊》
1988.23(5): 103-108;《中國印刷》1988.20: 85-90;《雕
版印刷源流》(北京,1990),319-329。

1987 "[Review] *Chinese Handmade Paper*, by Floyd Alonzo McClure." *Fine Print*, San Francisco 1.13(1987): 156,172.

1987 張秀民著,〈中國印刷史序〉,《文獻》1987.2(32): 209-212;《中國印刷》1987.16: 91-92。

1987 《印刷發明前的中國書和文字記錄》,鄭如斯增訂,勞榦後序,李梣、李約瑟、平岡武夫評介(北京:印刷工業出版社,1987)。

1988 〈芝加哥大學遠東圖書館所藏封泥題記〉,《董作賓先生誕辰紀念集》(臺北,1988),91-94。

1988 "Sealing Clays in the University of Chicago Library." *Committee on East Asian Libraries Bulletin* 83(1988): 15-16.

1988 〈中國的傳統印刷術〉,高禩熹譯,《故宮文物月刊》5.11(1988.10): 110-117。

1988 〈中國墨的製作和鑑賞〉,高禩熹譯,《故宮學術季刊》5.4(1988 秋): 67-84。

1988 〈墨的藝術〉,《明報月刊》1988. 23(12): 77。

1989 〈中國墨的起源和發展〉，高襈熹譯，《文獻》1989. 2: 233-249。

1989 造紙與印刷：自敘，李約瑟，序，《中國印刷》， 1989.23: 80-83。

1989 〈對中國圖書館出版工作的幾點建議〉，《出版參考》 1989.18: 2-3。

1989 〈《中國手工造紙》評介〉，《漢學研究》7.2(1989.12): 423-32。

1989 〈現存最早的印刷品和雕板實物略評〉，《國立中央圖書 館館刊》22.2(1989.12): 1-10；《中國印刷》1990. 28: 103-108。

1990 《中國科學技術史：紙和印刷》（劉祖慰譯，北京：科 學出版社；上海：上海古籍出版社，1990）。

1990 《中國古代書史》（韓文，金允子譯，漢城：東文選， 1990）。

1990 〈中國印刷史簡目〉，《國立中央圖書館館刊》 23.1(1990.6): 179-199；《中國印刷》1992. 35-36: ?-?； 《中國印刷史料選輯》1993. 4: 456-482。

1990 〈印刷術在中國傳統文化中的功能〉，《漢學研究》1990. 8(2): 239-250；《文獻》1991. 2: 148-159。

1991 "Recent Discovery of Earliest Movable-type Printing in China: An Evaluation." *Committee on East Asian Libraries Bulletin* 92(1991. 2): 6-7.

1991 〈封泥小識〉，《明報月刊》1991；《上海高校圖書情報學刊》1995. 20: 51-52。

1991 〈《非花軒雜文》序〉，潘銘燊，《非花軒雜文》（溫哥華：楓橋出版社，1991）。

1992 《中國書籍、紙墨及印刷史論文集》（香港：中文大學出版社，1992）。

1993 "Chan Kuo Ts'e." In *Early Chinese Texts: A Bibliographical Survey*. Ed. Michael Loewe, Berkeley, CA., 1993: 1-11.

1993 "How Chinese Rare Books Crossed the Pacific at the Outbreak of World War II: Some Reminiscences." *Bulletin of East Asian Libraries* 101(1993. 2): 109-112.

1994 〈中國印刷史研究的範圍、問題和發展〉,《中國印刷》
1994.12(2): 9-12;《中國印刷史學術研討會論文集》
1996: 7-14。

1995 《中國之科學與文明:造紙及印刷》(劉拓、汪劉次昕
譯,臺北:臺灣商務印書館,1995)。

1995 〈珍貴的書緣、難忘的友誼:悼念李約瑟博士〉,《明報
月刊》1995. 6: 64-67。

1995 〈悼念中國科技史大師——李約瑟博士〉,《歷史月刊》
90(1995.7): 116-121;《文獻》1996. 3: 53-59。

1995 〈日軍侵華史料舉證〉,《明報月刊》1995. 30(8):
58-60。

1995 〈抗日戰爭淪陷區史料拾零〉,《歷史月刊》1995.93:
22-25。

1995 "Documents from Wartime Shanghai, 1941-1945."
*Newsletter of the Midwest Chinese Student & Alumni
Services* Winter 1995: 1-3.

1995 〈袁同禮先生對國際文化交流之貢獻〉,《袁同禮先
生百齡冥誕紀念專輯》1995: 10-14;《傳記文學》
68.2(1996.2): 91-95。

1995 〈英國劍橋藏本《桔錄》題記〉,《上海高校圖書情報學刊》1995. 2: 50-52。

1996 《書於竹帛——中國古代書史新增訂本》(臺北:漢美圖書公司,1996)。

1997 〈悼念美國漢學大師顧立雅教授〉,《歷史月刊》108(1997.1): 109-113;《文獻》1997. 3: 243-48。

1997 《戰國策》(劉學順譯,瀋陽:遼寧出版社,1997)// 李學勤,中國古籍導讀。

1998 【書評】〈饒宗頤著《符號、初文與字母——漢字樹》〉,《漢學研究》15.2(1998.12): 413-416;《明報月刊》1998. 10: 92-93;《文獻》1999. 2: 258-262。

1998 《中美書緣》(臺北:文華圖書公司,1998)。

2000 〈懷念我在淮東中學的時代〉,《泰州中學建校 100 周年特刊》(2000)。

2001 〈北京圖書館善本古籍流浪六十年〉,《傳記文學》79.6(2001.12): 15-18。

2002 〈懷念顧起潛先生〉,《我與上海圖書館》2002: 34-37;《北京圖書館學刊》2002. 4: 75-77。

2002 《中國古代書籍、紙墨及印刷術（增訂本）》（北京：北京圖書館出版社，2002）。

2002 〈紙的起源新證——試論戰國秦簡中的「紙」字〉，《文獻》2002. 1: 1-11。

2002 〈精寫本《江村書畫目》題記〉，《文獻》2002. 3: 4-11。

2002 《書於竹帛（第四次增訂本）》（上海：上海書店，2002）。

2002 《書於竹帛（世紀文庫本）》（上海：上海世紀出版集團、上海書店，2004）。

2003 〈中美圖書館代表團首次互訪記略（1973-1979）〉，《北京圖書館學刊》2003. 4: 74-77。

2003 〈《裘開明圖書館學論文選集》序言〉，《裘開明圖書館學論文選集》（桂林：廣西師範大學出版社，2003），1-3；《中國圖書館學報》2003. 6: 70、91。

2004 《中國紙和印刷文化史》（鄭如斯編訂，桂林：廣西師範大學出版社，2004）。

2004 〈中國印刷史書目〉，張樹棟增補《中國紙和印刷文化史》（桂林：廣西師範大學出版社，2004）。

2004 *Written on Bamboo and Silk: The Beginnings of Chinese Books and Inscriptions*, 2nd edition with Afterword by Edward L. Shaughnessy. Chicago: University of Chicago Press, 2004.

2005 〈吳光清博士生平概要〉,《國家圖書館學刊》2005. 4: 82-84;《中國圖書館學會會訊》13.1/2(2005.6): 21-23。

2005 〈金大憶舊〉《思文》(南京:南京大學,2005)。

2007 《留美雜憶》(臺北:傳記文學出版社,2007)。

2007 〈回憶在芝加哥大學工讀的歲月〉,《圖書館雜誌》2007.1: 4-9。

2008 《留美雜憶》(合肥:黃山書社,2008)。

2009 《東西文化交流論叢》(北京:商務印書館,2009)。

2009 〈我和國家圖書館——在北圖工作十年的回憶和以後的聯繫〉,《國家圖書館學刊》2009.3: 9-14。

2011 *Collected Writings on Chinese Culture*. Hong Kong: Chinese University Press, 2011。

2012 《回顧集：錢存訓世紀文選》（桂林：廣西師範大學出版社，2012）。

2012 《錢存訓文集》（北京：國家圖書館出版社，2012）。

2013 *Written on Bamboo and Silk: The Beginnings of Chinese Books and Inscriptions.* Chicago: University of Chicago Press, 2013.

原刊《漢學研究通訊》（臺北），第 34 卷第 3 期，2015 年 8 月。

《中國古代書籍、紙墨及印刷術》序

　　書籍是文化的載體，在世界文化發展中的作用至為重要。中國文化源遠流長，尤其現代書籍製作的材料和方法，多為中國人所發明，所以中國圖書史及其相關學科是文化史和科技史中一項重要的研究課題。過去中外學者對於這一學科雖有不少著述，但是很多偏重於傳統的觀點和方法，或者未能提出新的問題加以深入分析和系統綜合。因此之故，我們對於在這個課題上鍥而不捨、有所創新的專家學者，就會特別推重和景仰。

　　1969 年秋，我在柏克萊加州大學攻讀圖書館學，課程指定參考書中有 *Written on Bamboo and Silk*（《書於竹帛》）一書。該書資料豐富，引證詳明，雖內容偏專，但行文深入淺出，娓娓道來，使我對作者錢存訓教授心儀不已。次年，竟得以在芝加哥大學圖書館學院追隨錢師繼續深造，是個人治學歷程中一段難忘的時光。錢師循循善誘，同學輩得窺中國書史之堂奧，尋且選擇專題，寫作碩士、博士論文。我的畢業論文 "Books and Printing in Sung China, 960-1279"（《宋代圖書印刷史》），即經錢師精心指導而完成。其後因在母校香港中文大學執教中國

文學，不復能專門致力繼續研治印刷史及書史，但錢師常以新著頒寄，令我對此一課題未嘗一日忘之。

數年前，偶與錢師通信中建言，擬將其過去以中文發表與書史有關之論文結集出版，公諸同好。當蒙錢師首肯，並將編訂之責見委。我即欣然從命，兢兢業業從事於此。編訂期間，往復商討，書函累積盈尺。錢師對資料之考訂、字句之推敲，一絲不苟，使我重溫昔日在芝加哥求學時耳提面命之情景。

這部論文集，顧名思義，是有關中國書籍、造紙、製墨和印刷術的學術論文結集。書名雖稱文集，但內容有其專業性和系統性。首從古代典籍制度的一些特點，論到造紙與製墨、雕板與活字，進而涉及紙和印刷對學術及社會的功能和影響。內容雖未涵蓋書史的全面，但對書籍作為文化載體的重要問題都擇要討論到了。書中附有插圖多幅，以助文字說明。圖文並重，可增閱讀興趣。錢教授的著作，向以取材新穎、文筆流暢雅潔，蜚聲學林。至於資料豐贍，結構嚴謹，雖頭緒紛繁，而組織有條不紊，讀者自能涵泳得之。

筆者有幸，得以在編排校訂上稍盡綿力。現在目睹這部文集終於面世，沾溉無窮，不禁欣然命筆，聊記個人參與經過和孺慕的心情。

1990 年 7 月 18 日於溫哥華

《中國圖書文史論集》前言

　　抱簡劬書，學究古今之變；懷鉛吮墨，文擅中西之長。為學者眾矣，臻於斯境者非可多覯。錢存訓教授世代書香，髫齡志學；少通經史之奧，壯遊圖書之林；著書中秘，撰述擬於名山；講學上庠，桃李遍乎天下。同人沾溉之餘，每思圖報，今值先生八秩榮慶，遂有祝壽論文之議，聊表景慕，兼勵向學。

　　今茲呈獻者，為文三十三篇，作者三十四眾，輯為上下兩編。上編多關圖書目錄之探討，下編則為文史考據之研究。附錄錢氏生平及著述目錄，以博采覽。集中文稿來自歐美諸邦，洎乎海峽兩岸；撰者則皓白中青，以至西人華語；地無畛域東西之分，人無老少華洋之別。論文範圍，上溯遠古，近賅當代；有嚴密之考證，亦有概括之綜述，有史料之運用，亦有科學之實驗，或作中外之比較，或作古今之商榷，或繁引文獻以證辭，或博徵載籍以注詩。弘論創見，各有專精；裒然成帙，漪歟可觀。此固漢學界之多士，亦錢教授之感召也。

潘銘燊撰

許倬雲、李歐梵、潘銘燊、鄭炯文、馬泰來聯署

1990 年 1 月 11 日

李約瑟系列的首本華裔學者著作 《紙和印刷》

英國李約瑟博士（Dr. Joseph Needham）的曠世巨著《中國科學技術史》（*Science and Civilisation in China*）大系成就輝煌，毋庸多作介紹。在這套系列書已出版的十二冊中，第一本由其他學者具名獨力撰作的是芝加哥大學錢存訓教授（Professor Tsien Tsuin hsuin）所著《紙和印刷》（*Paper and Printing*），編入大系第五卷第一冊，劍橋大學出版社於 1985 年出版，凡五一〇頁，定價四十五英鎊或八九點五美元。據說初版發行前就已預定一空，現正修訂重印第三版。中文及日文譯本亦在進行中。

錢氏前著《書於竹帛》（*Written on Bamboo and Silk.* Chicago: University of Chicago Press, 1962）一書，論述印刷術發明以前之中國書籍歷史，中文修訂本以《中國古代書史》的名稱由香港中文大學於 1975 年出版。《紙和印刷》是繼武前書的另一傑作。這是一本融匯貫通的綜合之作，注重紙和印刷在中國文化中的地位、作用和影響。範圍包括歷史上的每個時代，上自二者最早出現，下迄十九世紀末期，即手工業時代結束為止。全書十章，每章

四至五節，造紙和印刷各佔三章，先敘歷史，再及技術、美術和應用，縱橫兼顧。傳播和影響也佔三章，不僅談到西方學者所注重的西傳，更及於世界其他各地。首章緒論是全書的提要，最後一章以紙和印刷對中國和世界（主要是西方）的影響和貢獻作為結論。

這是一部結構謹嚴而有系統的著作，材料分配勻稱，每章每節的分量大致相等。運用的材料包括實物和文獻，尤其對於前人的研究成果有足夠的重視。結論對這些材料有全面的介紹和評價。

參考書目列舉中、日及西文著作約二千種，為進一步研究此問題提供指導。插圖約二百幅，平均兩頁一圖，可稱圖文並茂。

西文著述中，研究中國造紙歷史的權威作品有亨特的《中國和日本的古代造紙術》（Dard Hunter, *Old Papermaking in China and Japan*. Mountain House, 1923），研究中國印刷歷史的經典是卡特的《中國印刷術的發明及其西傳》（Thomas F. Carter. *The Invention of Printing in China and Its Spread Westward*. Columbia University, 1925; L. Carrington Goodrich 修訂版 , The Ronald Press, 1955），但兩書出版已久，內容稍舊，更

未能充分利用豐富的中文資料。錢存訓教授這書根據最新發現的實物，並參考大量文獻，比較前述兩書論述更為詳細、全面而深入，不僅後出轉精而已。書中綜合前人研究，也駁斥了若干舊說，作出合理的結論，更討論了一些其他著作沒有觸及或沒有深入探討的問題，例如：（一）為什麼造紙術和印刷術的應用，西方遠遠落後於中國？（二）紙和印刷在西方和中國文化中，地位有何不同？（三）造紙術和印刷術在學術上和社會上產生了什麼影響？這些問題在書中都有詳細的討論和令人信服的答案。

以下談談本書的一些要點和貢獻。

關於紙的起源，一般學者接受蔡倫造紙的傳統說法。錢先生則認為這問題要看我們對於「紙」採取什麼定義。如果「紙是以任何纖維體通過排水作用而黏成的一張薄頁」，那麼在蔡倫以前就有了紙。根據考古及文獻資料，用舊絮造紙大概始自西漢，蔡倫（東漢時人）的貢獻是採用樹皮、麻頭等新鮮的植物纖維，對造紙術加以改良，使原料供應無缺，紙張才能大量生產。

關於《說文解字》「紙，絮一苫也」的記載，北宋本作「苫」，從艹；後人誤作「笘」，從竹；清段玉裁再改為「箈」，從竹從氵，以適合其「潎絮簀」之說。錢先生認為

近代中外學者根據段說釋紙，有誤，應從舊本作「苫」，因為最初堆積纖維體的簾模是草類植物製成，而不是後來所用的竹簾。

本書有專章論紙的多種用途，詳盡地追源溯流，娓娓可觀。其中有關書籍、文房、裝飾，以至家庭、娛樂和日常用紙如紙衣、紙甲、扇、傘、燈籠、玩具等紙代用品，西文中甚少論及，或附會傳統之說而未細加推究（如牆紙）。本書集中討論紙的各種用途和起源，並從實物及文獻上追尋最早的證據，是本書的一個特點。

關於印刷的發明，本書詳細分析了二十幾種前人之說。他們大都根據文獻上的片言隻字，推敲引伸，而錢先生此書則除參證文獻以外，更重視實物證據。現存最早的實物是六十年代在南韓發現的一件唐代印刷品《陀羅尼》經卷，年代定為 704 至 751 年。據此推測中國最早應用雕板印刷始自西元七世紀中，早於歐洲約八百年。活字板的應用則在宋慶曆中（1041-1048），早四百年。西人論中國印刷史者多偏重於發明和西傳，對其後的發展和向其他各地的傳播及影響則略而不詳。本書彌補了這兩方面的缺失，對於科技史和文化史的研究，有充實補漏之功。

真正的印刷史應該包括技術方面的研究，何況本書原來就是《中國科學技術史》大系的分冊。但是，關於印刷技術尤其雕板的技術和工具，早期的文獻中幾乎全無記載。本書作者根據搜集和訪問所得材料，詳細描繪每一工序的過程和工具的操作，文字通暢明晰，更有適當的插圖輔助了解，是前人未能成功做到的一項重要貢獻。

　　關於印刷對中國學術和社會的影響，前人也少觸及。偶然提到的亦多根據印刷對西方社會的影響而隨意推測，並未深究。作者對此廣集證據，全面剖析，是本書另一重要貢獻。結論大致說，印刷術對東西方的書籍生產有同樣的重要性，但影響的程度和方式並不相同。在減低成本、增加產量、傳播知識等方面，東西方相差無幾；但在西方，印刷術的使用鼓勵了歐洲各地方言和文學的興起，成為促進許多新興國家成立的一個主要動力。一般歷史學者多以十五世紀中葉歐洲採用活字印刷術作為從中古到現代轉變期中的一個主要因素。尤其印刷的機械化導致一種勢力強大的出版工業蓬勃發展，使西方在思想上和社會上產生了強烈而根本的變革。而在中國和受中國影響的東亞其他國家，印刷術的使用在社會上和思想上都沒有引起太大的變化，反而促進文字的統一性和普遍性，成為維護傳統

文化的一種重要工具。同時印刷技術維持在手工業階段，沒有向前推進，直至西方改良後的造紙術和印刷術倒流回饋中國，才有所改變。因此，錢氏認為印刷術的進展，在很大的程度上是由當時的政治、經濟、社會的條件所促成；同時這些因素也影響了印刷本身發展的趨向。

總而言之，這是一部體大思精的巨著，材料的完備、分析的詳盡、撰著的條理，尤有獨到之處。中國這兩大發明對世界文明的貢獻，也將因錢先生這部新作的出版更為世界學者所重視。

原刊《漢學研究》（臺北），第 5 卷第 1 期，1987 年 6 月；
《明報月刊》（香港），第 22 卷第 2 期，1987 年 12 月。

評錢存訓著《書於竹帛》上海新版

「子墨子曰：吾非與之並世同時，親聞其聲、見其色也，以其所書於竹帛、鏤於金石、琢於盤盂，傳遺後世子孫者知之。」中國古代的文化，主要是依靠「書於竹帛」，得以流傳至今。一部研究古代文獻的著作，採用一個古典詞句作為書名，顯得分外典雅；以此表示書中內容，更見確當。這是讀者開卷前對本書題名的巧妙構思所獲得的第一個印象。

錢存訓教授這部研究中國古代書籍和銘文制度的大著，內容包括甲骨、青銅、陶泥、玉石、簡牘、帛書、紙卷等書寫載體及工具凡九章，時間上溯商殷，今日所見中國最早的文字起始，下迄初唐，即印刷術發明之時。這二千餘年是中國文字記錄的濫觴時期，所採用的各種書寫材料、製作技術、記載方法，以至編排形式，皆在這一時期逐漸形成，為中國書籍制度及文化傳統奠定了重要的基礎。書中資料包涵廣泛，「可說凡是中國先民曾經著過一筆一劃的東西莫不討論到了。」（許倬雲語，頁 189）

按此書英文原本於 1962 年由美國芝加哥大學出版；中文本自 1975 年起，先後在香港、北京、臺北及上海增訂

發行；日文本於 1980 年在東京、韓文本於 1990 及 1999 年在漢城出版。經過了漫長的 40 年歲月，此書多次增訂及翻譯，銷行不衰。以嚴格的學術論著來說，這可算是一個難能可貴的異數。正如平岡武夫教授在日文版的序言中所說：它是一部「幸運的書……含有生命的書」。從此書的版次紀錄，加上附錄中所收國際學術刊物所發表將近 30 篇的書評摘要，已可窺見本書的重要性，和世界各國專家和讀者對此書的重視和推重的程度。

本書受到歡迎的原因很多，除了內容充實外，還有它的筆調清新，雖為專家撰寫，卻能深入淺出，一般讀者也可以看得津津有味。正如李約瑟博士對英文本的定評：「清晰俐落、要言不煩的寫作典範。」（頁 178）還有李琰教授對中文本熱情洋溢的稱譽：「流暢明快的文字……趣味盎然的敘述……章與章之間像有機體般的凝成一體。……這是一本學術價值很高，而能做到深入淺出的好書。」（頁 172）東西方的許多學者、教授對於本書的資料豐富、結構嚴謹、語文流暢，都不約而同有相類似的評價。特別是閱讀中文本時，你完全不覺得它是一個譯本，你只會為它充滿華夏神韻的語文和歌頌中國文化的精神而傾倒。

作為學術論著，本書內容主要是對實物的探研、文獻的考訂、訓詁的解釋，有一分證據說一分話，作者「對資料的質量和數字的精確性特別關注」（李約瑟語，見頁178）。當然也重視資料的新穎性，這是本書歷經數版增訂的原因。作者在新序中說：「新版所增資料中，以近年出土的考古實物為主，尤其新發現在殷墟以外各地和周初的甲骨、戰國及秦漢墓中出土的大批竹簡、帛書和木質、絲質、紙質古地圖以及敦煌遺書中最早的寫本等較為重要；其他迄至 2000 年底所發現的考古資料也都加入正文或附注。」（頁 2-3）實際上，作者參考的資料有晚至 2001 年出版的新書。這都證明本書內容新穎，也可見作者用力之勤。

本書內容廣泛，更有不少是書中獨有的創見。例如：討論封泥時，提出了芝加哥大學東亞圖書館所藏的漢代封泥，包括兩枚稀世珍品（頁 45）。研究紙的起源時，首先發現雲夢睡虎地戰國秦墓出土的竹簡上有一「紙」字，證明戰國後期已經有紙（頁 75、110）；對於美國收藏家容肯三世（Stephen Junkenc III）所藏的一件戰國漆馬，內有紙胎，認為是紙在戰國時期已經存在的另一旁證（頁 110）。此外，作者引述芝加哥大學格雷（William S. Gray）教授

對世界各種文字所作比較研究的報告，證明「直行閱讀實較橫行閱讀為快」（頁 159）。這些都是他處所未及見的新鮮資料。

除了創見，作者對於前人成說之不合理者，亦多加修正與駁斥。例如：反駁殷人不可能寫出長篇作品的說法，認為甲骨文的字彙並不少於周代金文和長篇作品中所包含的字彙，足夠產生長文（頁 22）。反駁「簡編則為冊，卷則為卷」，以卷為簡牘單位的說法，認為「篇」和「卷」在目錄中既然分列，當系材料和單位不同（頁 86）。反對後人妄改《說文》「苦」為「笞」或加水旁為「涪」，認為當從舊本從艹作「苦」（頁 112）。中國造紙術遲遲傳入歐洲，主要是地理上和文化上的隔膜，而不是如某些西方學者所說是人為的保密（頁 116）；有些學者主張紙的西源說，作者分析埃及紙草和中國以纖維造紙的不同；所謂來至大秦的「蜜香紙」，作者認為是亞洲土產，並非來自西方（頁 117）。

錢教授在此書中也體現了學術著作的一些崇高標準，即持論的客觀與公允性，例如評價蔡倫在造紙上的貢獻為「造意用新的原料和最經濟的方法，製成一種書寫材料，使原料無缺，成本低廉而應用得以更加普遍。」（頁 112）這

裡指出蔡倫對造紙的豐功偉績，但並非「發明」。此外，作者又善於從現象中發現規律，例如：關於書寫材料的演化，指出「竹帛摻雜使用的時期，幾達一千餘年，帛紙共存約五百年，而簡牘與紙並行約三百年」（頁72）；論到簡紙的先後，指出「舊式書寫材料乃係被新材料所逐漸取代。發掘區域的時代越晚，發現的舊式材料便越少。」（頁73）

書中最重要的啟示是經過探索、比較和總結，從世界文化的觀點指出中國文字記錄所獨有的延續、廣被和多產性，為世界文明中的重大特色。三千年前所使用的一種書寫符號，今天仍在繼續使用；不僅中國人在使用，也是東亞許多其他民族的共同文字，至今仍是世界上被最多人使用的一種文字；中國書籍的產量，直到十五世紀末，比世界上其他各國生產的總數還要豐富；而中國某些文獻的卷帙之繁，更少有其他文字的著作可以相比。（頁2-3）

作者對於漢字在中國文化中所具有的功能尤為重視。他說：「中國古代書籍和文字記錄的多采多姿、源遠流長，是中華民族精神之所寄，也是世界文明中特有的奇蹟……現在還有人認為廢除漢字採用拼音是文字演進的規律和迎合世界的潮流，卻沒有深思漢字的功能。假使沒有漢字形體所獨具的延續性和凝固性相維護而採用拼音文字，中國

早已成為以方言立國而分崩離析的國家了。……中國歷史上的分久必合以及許多少數民族之能融入一個大家庭，漢字的優越性和融合性實不容忽視。」（頁2）這一段對漢字偉大功能的見解，情意親切，言詞動人，值得作為中國人的驕傲和深思。

　　總之，《書於竹帛》是一部由殷墟到敦煌這重要時代整個漢字書寫的全部歷史，它也是學術論著從內容到形式的經典範本。閱讀這書，不但可以獲得中國古代文化傳播方法的重要資訊，也能得到學術研究方法的重要啟示。

註釋

1. 《書於竹帛：中國古代的文字記錄》，上海書店出版社，2002年4月，第4次增訂本。